# 구사일생

## (탈북녀)

저자 박사 전준상

출판 기념회에서

아래 계좌로 10만 원을 선입금하시는 분께는
연속으로 발간 시마다 즉시 보내드리겠습니다.
감사합니다. - 전박사 -
농협 우희정 1300-3551-1656-95
문의 010-8952 4114

자수정 출판사

# 구사일생
## (탈북녀)

지 은 이 - 박사 전준상
발 행 처 - 자수정 출판사
발 행 일 - 2024년 11월 11일
신고번호 - 제 2018-000094호

서울 영등포구 영중로65
자수정출판사 010-8558-4114
정 가 ₩20,000원
*파본은 교환해 드립니다.

홈페이지 - 주소창에 www.198282.net
　　　　　　NAVER 네이버 검색창에 전준상
　　　　　　▶YouTube 유투브 검색창에 박사전준상
E-mail - yangko719@daum.net

## 프 로 필

아산시 (온양온천)에서 출생한 저자는 세월이 흐르면서 인생 시리즈 <매력>, <멋>과 장수연구 서적<인생 승리>까지 총 100권의 책을 집필하여 국립중앙 도서관에 납본되었고, 건강상식 서적과 인류에 기여 하는 80건의 특허가 특허청에 신청되었다. 그러다 보니 오랫동안 다양한 사업과 일본 현지 법인으로 생보석 홈쇼핑과 출판사를 운영한 경험으로 소설가, 예술인, 발명가, 사업가로 불린다. 동생들은 미국에서 깊은 신앙심 속에 사업을 하고 있으며 자녀들은 강사의 길을 걷거나 극본 최우수상을 받아 <폭로>라는 시나리오를 집필하여 영화감독으로 활동하고 있다.

저자는 결혼을 앞두고 있는 막내에게 가정교육의 손이 미치지 못한 점이 아쉬워 사회인으로 인류의 소금이 되어보라고 당부하고 싶다. 여러 형제와 자녀들에게는 늘 가르침을 주고 있어 **첫째** 건강, 둘째는 독서를 늘 염두에 두라고 조언한다.

본 저자는 앞으로도 집필을 멈추지 않는다면 몇십 권의 저서를 더 펼칠 수 있을 것으로 전망한다.

저자 박사 전준상(필명)
HP 010-8558-4114

영화사 이심전심의 대표이자 **박사 전준상의 자녀 전선영 감독 영화**를 간략하게 소개해 드리니 많은 관심 부탁드립니다.

제29회 부산국제영화제 초청 상영작
3회 상영과 전석 매진으로 많은 호평을 받음

제목 ; 폭로:눈을 감은 아이
감독 ; 전선영
시나리오 ; 전선영

## 영화 '폭로:눈을 감은 아이'

**시놉시스;**
베스트셀러 작가의 살인사건을 계기로 어린 시절 친구와 범인과 형사로 재회하게 된 복잡하고 긴장감 넘치는 사건을 그린 스릴러

**내용;**
베스트셀러 작가 정상우(이기우)를 살해한 혐의로 현장에서 체포된 인선(김민하)은 자신의 담당 형사로 민주(최희서)를 지목한다. 사건이 일어난 홍천으로 간 민주는 인선을 대면하고 나서야 그녀가 초등학교 시절 절친했지만, 심각한 사건으로 인해 멀어진 친구임을 알아본다. 인선은 자신의 혐의를 모두 인정하지만, 살해 동기도 증거와 일치하지 않는 진술도 어딘가 석연치 않다. 민주는 사건의 전말을 밝히기 위해 사력을 다한다. <폭로: 눈을 감은 아이>는 치밀한 구성으로 서사의 밀도와 긴장감을 높인다. 경찰의 무능과 미디어의 사악함을 날카롭게 진단하기도 한다. 이 세계의 공포와 잔혹함을 구체적인 얼굴로 드러내는 <폭로: 눈을 감은 아이>는 탄탄하고 명민한 스릴러이자, 가슴 시린 연대의 영화다.

# 머 리 말


본 필자는 삶의 고달픔을 느낄 때 책 <태평양 전쟁>에 나오는 731부대 마루타(인체실험)를 상상하면 어떠한 곤경도 참을 수 있었다.

사업에 실패하거나 사법기관에 조사받을 일이 생기면 극단적 선택을 하는 사람들은 반드시 먼저 파란만장한 '구사일생' 본 서적을 읽길 권하고 싶다.
그러면 사업실패로 빚쟁이에게 쫓긴다고 일가족 다섯 명이 어린 목숨까지 모두 없애는 어리석은 일은 없을 것이다. 죄의 대가로 옥살이가 겁이 난다고 호화스러운 죽음을 선택하지 못했을 것이다.

사람은 마음먹기에 달려있다.
'그 마음 먹기란' 생각의 근육을 키워 주는 것이다.
그 생각의 근육을 키우는 것은 '독서'이다.

탈북기 주인공 김순자 씨가 꽃다운 전후에 겪은 고초와 고난의 탈북자가 전하는 생명과 부활의 메시지를 보고 나면 절망이 희망으로 바뀔 것이다.

1편<자유 찾아 천만리 / 지현아 지음>
2편<고난의 행군시기>를 읽고 북한의 인권 유린과 탈북자들의 실상을 한 사람이라도 더 알리기 위해 이 책을 전하게 되었다.

2024년 11월 11일
박사 전 준 상
010-8558-4144

## 차 례

프로필     3
머리말     6

### 탈북녀 편

1. 북한 탈출의 길     9
2. 사랑과 이별     23
3. 인신매매     36
4. 또 한 번의 밀고     51
5. 지옥의 아사자들     65
6. 때려서 낙태시키다.     78
7. 엄마를 만나다.     92
8. 이별     105
9. 대사령     117
10. 세 번째 탈북길에 오르다.     130
11. 네 번째 마지막 탈출     145

### 정치범 수용소 편

1. 북한 정치범 수용소     155
2. 일제 강점기와 하나원     165
3. 유명한 탈북자 3인     177

### 파란만장 구사일생 편

1. 거물급들     186
2. 하늘은 스스로 돕는자를 돕는다.     202

전 박사 도서 목록     212
부록 - 자수정 홈쇼핑     213

## 탈북녀 편
## 1. 북한 탈출의 길

 나는 함북 청진에서 태어난 18세 김순자다.
아침에 방문을 여니 새하얀 함박눈이 펑펑 쏟아져 내렸다.
그 모습이 솜처럼 푹신해 보였다.
먼 길을 가셔야 하는 어머니는 도시락을 많이 준비하고 계셨다.
돈이 될만한 옷가지며 이불이며 죄다 팔아 만든 도시락을 보고 나는 그만 왈칵 눈물이 났다.

가족이 무리지어 가다가는 발각 될 것 같아 아버지는 두만강 상류로, 어머니와 우리 세 남매는 중간으로 건너기로 했다.
아버지가 먼저 떠난 뒤 우리도 서로 등을 돌려 반대 방향으로 걸었다.
뒤를 돌아보니 아버지의 눈에 눈물이 가득 고인 것이 보였다.

아버지는 나에게 빨리 가라고 손짓을 하셨다.
우리 삼남매와 어머니는 두만강을 향해 걷고 또 걸었다.
순영이와 순철이 서로 손을 꼭 잡고 아장아장 걸었다.
눈 위에 발자국을 새기며 우리가 지나온 흔적을 남기며 걸었다.
이틀 안에 아버지와 약속한 중국 어느 집에서 만나려면 서둘러 가야 한다.

중국으로 가는 길은 국경지역이라 국경 경비대 초소들이 줄지어 있고, 우리는 중국에 친척이 있어 중국 옷을 걸치고 초소를 건널 계획이다.
초소가 가까워질수록 떨리고 초조했다. 검열받는 사람들이 줄 서 있는 가운데 어머니는 안색이 좋지 않았다. 나에게 어머니가 다가오더니 "어디 가느냐 물어보면 중국에 있는 외할머니 진갑에 간다고 해라"라고 하셨다.
나는 동생에게도 이 말을 전달해놓고 나니 우리 차례가 되었다.

"등에 진 배낭에 짐을 하나도 빠짐없이 다 꺼내 놔!"
경비 대원이 우리에게 소리쳤다.
나와 어머니는 군말 없이 다 꺼내놨다.
도시락, 이불, 옷가지 모두 중국제 물건이었다.

군인의 눈이 휘둥그래지더니 "니네 어디가니?"
"아 네 청진에 있는 애들 할머니 진갑에 갑니다."
어머니는 안절부절못하는 기색이면서도 강해 보였다.
"다 집어 넣고 따라와!" 결국 걸려든 것일까?
사무실로 가족 네 명 모두 따라가니 잠시 후 높은 사람이 왔다.
예사롭지 않은 눈길로 우리를 쏘아보며 어디로 가는 길이냐고 물었다.

"애들 외할머니가 청진에 계시는데 내일모레가 진갑잔치입니다. 그래서 친정집에 가는 중이에요"
두려운 듯 어머니가 가는 목소리로 대답했다.
이번에는 동생 순철이에게 물었다.
"지금 어디 가는 중이니?"
"외할머니 집에요…"
"그런데 입고 있는 중국 옷들은 어디서 난 거니?"
"중국 친척 집에서 아버지가 가지고 오셨어요"
순철은 묻는 말에 당차게 대답을 했다.
"중국에 가서 옷을 가지고 와?"
"네 중국에 친척이 있어서 몇 년에 한 번씩 방문하러 갑니다. 그래서 중국 옷들이 많습니다."라고 하니 우리는 별문제 없이 통과하게 되었다. 정말 다행이었다.

우리는 기찻길을 따라 걸었다.
북한에선 기차가 자주 연착되어 걸어 다니는 사람이 많았다.
드디어 어머니가 예상했던 장소에 거의 도착한 것 같았다.
"민박집 앞에서 계세요?"라고 부르자 난쟁이 할머니가 나왔다.
"누구슈?"
"아 네 여기서 하룻밤 지내려고요. 괜찮으시겠어요?"
우리를 들어오라고 했다.
손님이 많아 집이 북적거렸다.
난쟁이 할머니가 차려준 저녁밥을 먹고 윗방 잠자리에 누웠다.
안방과 윗방은 미닫이 사이였으며 괜히 가슴이 두근거렸다.
곱추할머니 집에서 조금만 가면 두만강이 있고 그곳만 건너면 중국이었다.
생각만 해도 아슬아슬하고 아찔하였다.
아버지는 잘 건넜을까?
중국으로 넘어간 후에도 많은 사람이 북한으로 다시 잡혀 와서 엄청난 고생을 했다고 들었다.
혹시 아버지가 붙잡히지는 않았을까?
지금쯤 아버지는 무엇을 할까? 생각이 복잡해졌다.

미닫이 사이로 어머니가 이 집 할아버지와 대화 하는 소리가 들렸다.
"할아버지 값은 후하게 치르겠으니 좀 도와주세요"
아버지와 연락이 끊기면 영영 만나지 못할 것이 뻔하였다.
별들이 초롱초롱 떠 있는 겨울밤의 모습이 창문 너머로 보였다.
먼 길을 오느라 우리 가족들은 잠에 바로 빠졌지만 나는 쉽게 잠에 들지 못하였다.

새벽 4시가 되자 주인 할머니와 할아버지의 대화 소리가 들려왔다.
문틈으로 보니 등잔불 아래 무릎을 꿇고 두 손을 모아 쥐고 고개를 숙인 상태에서 하나님과 예수님 기도합니다. 도와주시옵소서. 라는 정도의 말만 알아들을 수 있었다.
북한에는 교회가 없어서 이런 광경을 처음 보았다.
오래전에 어머니가 두만강을 건너 조선족 교회에서 일하고 쌀 한 배낭과 손바닥만한 구약성경을 가지고 온 적이 있었다.
나는 종이가 귀해 수첩으로 사용하려고 펼쳐 들었다.
그런데 하나님이 태초에 천지창조했다. 라는 글이 적혀 있었고 성경책도 처음이었지만 그 속에 있는 단어 또한 난생처음 보았다.
북한에서는 하나님이라는 단어만 꺼내도 죽음을 면치 못하기에
더 읽어보기도 전에 성경책을 그냥 덮었다.
아버지는 출장 중이고 어머니는 불법 도강하느라 집에 없었다.

그런데 보위부 지도원이 찾아와 말을 했다.
"너 할 말 없니?"
뜬금없이 물어봐 괜히 떨렸다.
혹시 내가 무슨 죄를 지었나 싶어 며칠 사이를 되돌려 보았으나
"없습니다."
"없다고? 흠.. 너 거짓말 하면 나한테 죽을 줄 알아라. 들었니?"
두 눈을 부릅뜨고 협박을 하는 것이 꼭 호랑이 같았다.
그의 표정이 심상치 않았다.
"네"
나지막하게 대답을 했지만 너무 무서웠다.
"너, 남조선 안기부와 내통하지?"
상상도 하지 못한 질문이었다.
"안기부라니요? 전 전혀 그런 적이 없습니다."
"야 그럼 이게 뭐야?"

삿대질을 하며 내민 것은 그 구약성경이었다.
나는 화들짝 놀라 순간 가슴이 철렁했다.
저게 어떻게 여기에 있을까?
"너 이래도 잘못한 것이 없어? 바른대로 말해 너 오늘 솔직하게 말하지 않으면 죽음을 면치 못한다."
이대로 죽을 수는 없었다. 저 수첩이 어떻게 여기까지 와 있었는지, 내막은 몰라도 나는 살고 볼 일이었다.
"지도원 동지 사실 동굴 앞에서 주웠더랬습니다. 수첩이 없었던지라 그냥 주워서 옷 주머니에 넣고 집에 와 보니 저런 책이었습니다. 지도원 동지에게 신고하려고 했었는데 시간이 없어서 못했습니다. 잘못했습니다."
"야 그걸 나보고 믿으라고? 내가 모를 줄 알아? 너 남조선 사람하고 만나서 무슨 이야기 했어?"
"저는 남조선 사람을 만난 적도 없고 이야기해본 적도 없습니다. 저는 그냥 수첩을 주웠을 뿐입니다. 정말입니다…"
"잘 생각해 보고 조금 있다가 내가 다시 왔을 때까지도 솔직하게 말하지 않으면 넌 감옥행이야!"

이게 웬 말인가 이 성경책이 그렇게 대단한 것이란 말인가!
그런데 엄마는 어쩌자고 사람 목숨을 죽이는 저런 걸 집에 가지고 왔을까?

그 순간 어머니가 원망스러웠다.
앞으로 어떻게 해야 하지? 도무지 생각이 떠오르지 않았다. 한 시간이 되자 보위부 지도원이 다시 들어왔다.
"다 생각했니?"
"지도원 동지 전 정말입니다. 왜 제 말을 믿어주지 않으십니까? 정말 억울합니다."
"흥 정말 너 저걸 주운 거니?"
"예 주웠습니다. 그것도 동굴 앞에서 주웠습니다."
당시 우리 마을 아래에는 기찻길이 있었고 자그마한 기찻굴도 있었다. 우리는 그 기찻굴을 동굴이라고 불렀다.
"주웠으면 신고부터 해야 할 거 아니야? 이게 뭔지나 알고 주워서 들고 다녀?
하늘 같으신 우리 장군님이 아닌 다른 신을 믿는다는 것이 말이나 돼?"
"잘못 했습니다. 다신 안 그러겠습니다."
"또다시 이런 일이 있으면 그땐 용서 못 한다."
"고맙습니다. 고맙습니다."
그 무시무시한 보위부 손 아래에서 벗어나게 되었다.
당시는 대 아사가 발생하던 시기로 어디에서도 먹을 것이 없던 터라 굶어 죽는 사람이 태반이었다.

내내식사노 말이 아니었나. 군인들은 못 먹어서 머리가 노랗게 변하더니, 거의 다 빠지고 몸은 뼈가 드러날 정도로 앙상하게 말라 갔다.
그러다 보니 두만강을 건너는 것을 눈감아주고 그 대가로 음식을 얻는 군인들이 생겨났다. 탈북자와 군인 사이에 다리를 놓는 알선책은 주로 두만강 주변에 사는 주민들이었다.
중국으로 가려는 북한 주민들을 두만강 주변의 군인들에게 알선해주고 알선비를 받으며 살았던 것이다. 그곳에 사는 할아버지와 난쟁이 곱추 할머니도 알선책으로 중국에 다녀온 사람들이 등에 쌀 한 배낭씩 짊어지고는 새벽이나 밤에 들어와서 하룻밤 자고 가는 사람들이 여럿이었다.

드디어 고대하던 두만강 도강의 날이 왔다.
어머니는 장마당에 가서 돼지고기, 빵, 술을 사 들고 와서 난쟁이 할머니 부부에게 드렸다. 할아버지는 우리를 안내해 줄 군인을 만나고 와야겠다며 나갔다.
우리는 옷을 두껍게 입고 떠날 준비를 하였다. 문이 열리더니 털모자에 총을 메고 있는 군인을 데려왔다.
"자네들을 건네 보낼 군인이니 조심히 가게"
"네 할아버지 고맙습니다. 안녕히 계세요"
눈이 많이 내려 무릎까지 빠지는데도 무작정 군인을 따라갔다.
"이제부터 강이 얼었으니 빨리 걸어야 해요. 자 걸어가세요."
"네 고맙습니다."
두근거리는 마음으로 우리 가족은 두만강 위를 빨리 걸었다.
아무 생각이 없었다. 오직 들키지 말아야겠다는 생각만 있었다. 들키면 죽는다는 생각에 재빠르게 이동했다. 압박감 때문일까? 두만강은 생각보다 넓었고 어서 중국 땅에 도착하고 싶은 마음뿐이었다.
간절한 대로 우리는 무사히 중국 땅에 도착했고 아버지와 만나기로 약속한 집을 향해 4시간을 걸어가야 했다. 어머니는 괜찮지만, 순영이와 순철이가 걱정이었다. 찻길을 따라 걷고 또 걷는데 많은 차가 다니고 있었고, 차가 불을 밝히고 오는 것이 보이면 재빨리 옆에 있는 눈 무지에 엎드려야 했다. 왜냐하면 밤에 걷는 사람들은 무조건 탈북자로 생각하기 때문이었다.

하루에도 수십 차례 공안차가 다니면서 탈북자를 색출했다. 어머니가 미리 알아둔 집이어서 찾는 데는 시간이 그리 오래 걸리지 않았다. 곧장 문을 두드려 보니 대답이 들렸다.
"누구세요?"
"저에요"
"아 네 얼른 들어오세요"

주인은 여자였다. 우리가 들어서자 재빨리 문을 걸어 잠구었다.
"저희 애들 아버지는 어디 계세요?"
"공안들이 너무 많이 다녀서 어쩔 수 없이 먼저 떠났습니다."
하늘이 무너지는 것 같았다.
아버지와 헤어졌으니 이젠 어떻게 한단 말인가!
신발장에는 아버지 신발이 보였다.
"저거 우리 아버지 신발인데…"
"그래 아버지가 신발이 찢어져서 바꿔 신고 가셨어."
어머니는 한참을 생각하더니 주인에게 어려운 사정을 이야기했다.

한숨을 내쉬던 주인이 어디론가 전화를 했다.
"목사님 안녕하십니까 접니다. 지금 여기 조선에서 온 사람들이 있는데 은신처가 없습니다. 시내까지 가게 해 달라는데요."
뭔가 좋은 소식이 있는지 기대가 되었다.
"제가 아는 목사님인데 연길에 농장으로 오라고 하네요"
"네 집사님 고맙습니다."
어머니는 집주인에게 집사님이라고 불렀다. 나는 집사가 뭔지 교회나 목사가 뭔지도 몰랐다.

주인은 작은 방을 내주고 자러 갔다.
침대가 놓여 있다.
방의 벽에는 옷가지들과 함께 예수님의 초상화도 걸려 있었다.
아침이 되자 부엌에서 나온 된장 냄새가 코를 찔렀다. 배가 고파서 음식 냄새를 금방 알아차렸다. 탈북 이후 중국에서 먹어보는 첫 음식이었다. 정신없이 동생들도 먹고 있는데 주인은 버스 안에서 주의할 점을 당부하였다.
"버스를 타면 절대로 이야기해서는 안 됩니다. 조선사람이라고 하면 바로 고자질해 잡혀갑니다. 그러니 말하지 말고, 무서워하지도 말고 그냥 태연한 척 해야 합니다." 버스로 가는 길에 단속 초소가 몇 개 나오는데 조선사람이 있는지 확인하려고 지나가는 차들을 세워 잡아간다고도 했다.
그 말을 들으니 더욱 무섭고 이가 달달 떨렸다.

우리는 그 집을 나와서 버스 정류장으로 태연하게 웃으며 걸어갔다.
중국 마을의 모습이 낮에 다시 보니 새로웠다. 멀리서 버스가 오는 것이 보였다. 나는 물론 동생들도 바짝 긴장한 것 같았다. 어머니도 아까와는 다르게 태연한 모습이 아니었다. 사람들의 뒤를 이어 버스에 올라 맨 뒤

자리에 자리를 잡았다. 눈을 찔끔 감았다. 그리고 도와 달라고 마음속으로 외쳤다. 너무도 간절했다. 간절한 그 마음이 기도인지는 몰라도 나의 마음속에서 간절히 외쳤다. 신은 그때 작은 수첩(구약성경)에 쓰여있던 하나님이었다.
하나님 우리를 도와주십시오. 부탁입니다.

버스는 출발하였다.
버스 안에는 손님들의 수다 소리에 시끄러웠다.
10분, 20분, 30분 초조한 시간이 악몽처럼 흘러가고 있었다.
다행히 순조로워 보였다. 40분이 지나고 시간이 갈수록 초조함은 더해져 속이 숯덩이처럼 새까맣게 타들어 가는 것만 같았다.

그런데 단속 초소가 눈에 띄었고 버스가 멈춰섰다.
총을 멘 중국 공안(경찰) 두 명이 구둣발 소리를 요란하게 울리며 버스에 올라탔다. 나는 동생의 손을 꼭 쥐었다. 손에서는 땀이 나고 심장은 터질 듯이 빨리 뛰었다. 동생이 파랗게 질려있었다. 이리저리 둘러보더니 공안의 눈길이 우리 식구 앞에서 멈춰섰다. 끝내 올 것이 오고야 말았다. 공안이 다가와서 중국말로 뭐라고 물어보았지만 나는 아무런 대답을 할 수 없었다.

버스 안의 사람들 시선이 일제히 우리쪽으로 쏠렸다.
"이리 나오시오! 갑시다!"
공안은 다름 아닌 조선족이었다.
출발할 때 우리와 함께 버스에 탄 주인아줌마는 창밖으로 눈을 돌리며 우리를 외면했다. 그녀까지 다치지 않기 위해서 우리는 그녀를 모르는 척해야 했다. 우리 식구 넷은 공안을 뒤따라 내렸고 대기하고 있던 차(북송 차량)에 실렸다. 아버지를 찾지 못한 채 이렇게 허무하게 중국에 도착한 지 하루 만에 붙잡히고 말았다.

목숨을 건 탈북은 굶어 죽기 때문에 35,000명이나 탈북할 수밖에 없었다.
그리고 자유를 찾아서다.
국가는 왜 실패하는가!
2024년 노벨 경제학상을 수상한 3명의 외국 교수는 북한이 남한보다 60배나 빈부격차가 난다며 북한의 경제가 나아지려면 북한이 남한과 통일이 되어야 한다고 말하고 있다.

## 2. 사랑과 이별



 추운 겨울 날씨마저 차가운데 우리 마음과 몸은 더욱 얼어붙게 만들었다. 차 안에는 두 쌍의 부부가 있었다. 남자들은 여자들을 안고 여자들은 남자들의 품에 안겨 한없이 울어댔다. 임신을 했는지 한 여자는 배가 불룩했다. 어머니와 나는 각자 순영이와 순철이를 안고 맨 뒤에 앉아 있었다.

 변방대의 간부로 보이는 남자가 우리에게 밀가루 튀김 음식을 주면서 먹으라고 했지만, 먹고 싶지 않아 가방에 쳐넣었다.
내 마음처럼 꽁꽁 언 흙길을 차는 계속 달렸다. 길옆에 드물게 보이는 중국 사람들이 차 먼지를 날리며 지나가는 차를 비켜섰다. 우리는 어디로 가고 있는지 도무지 알 수가 없었다. 이대로 북송되는 건 아닌지...
차는 한참을 달렸다. 달리던 차가 큰 건물 앞에 서자 문이 열리며 차에서 모두 내리라고 했다. 그 건물은 죽음의 계곡처럼 음산한 기운이 감돌았다. 온몸에 전율이 느껴졌다.

변방대 청사 안에 들어서자 남자와 여자를 갈라놓았다. 쇠창살 사이로 방에 들어가니 탈북자들을 수감 하는 그 곳에는 어린아이부터 연세 높은 할머니까지 30명가량이 있었다.
우리가 입감되자 그들은 일제히 우리를 쳐다보았다.
아무것도 모르는 천진난만한 애들은 뛰어놀고 있었다.
방안을 둘러보니 방안에는 뚜껑이 덮인 빨간 고무로 된 큰 통이 있었는데 그것은 화장실 대용이었다. 밥그릇과 담요가 여기저기 널려 쌓여 있었다.
바로 앞에는 남자들 수감 방이었다. 우리와 같이 온 부부는 쇠창살 사이로 서로 바라보며 울고만 있었다.

할머니 한 분이 궁금한지 울고있는 그녀에게 물었다.
그녀는 청진이 집인데 하루아침에 부모를 잃었는데 굶어 죽었다고 하였다.
하나뿐인 여동생은 장사한다고 나간 후 집에 돌아오지 않았다고 하였다. 혼자라도 역전에서 과자 장사를 하려고 숭국에 간다는 누군가의 말을 듣고 따라나서서 중국까지 오게 되었다고 했다.
두만강을 건너느라 젖은 옷을 말리려고 아무 집이나 문

을 두드렸다고 한다.
"여보세요?"
"누구세요?"
"들어오세요." 물에 흠뻑 젖어 속살의 형체가 그대로 드러나자 그녀는 부끄러워했다.
"어서 들어오세요" 그 집에는 서른 살 되는 젊은 총각과 그의 아버지가 살고 있었다. 순진했던 총각 역시 부끄러운 듯 살며시 고개를 돌렸다. 그 후 총각과 그녀 사이에 사랑이 싹텄다.
애도 낳고 옹기종기 잘살자며 새로운 꿈을 꾸던 차에 그만 공안에게 붙잡히게 된 것이었다. 그들의 꿈은 하루아침에 산산조각이 났다. 출산을 앞두고 졸지에 공안에게 붙잡혀 감방에서 북송을 기다리는 신세가 되고만 것이다.
그녀의 입술은 마르다 못해 피가 줄줄 나오고 하루종일 울어서 눈은 퉁퉁 부어있었다.

할머니도 팔 소매로 눈물을 훔치셨다.
언니는 창살을 꼭 쥐고는 남자 감방을 바라보며 조용하게 맥없이 노래를 불렀다.
'하얀 박꽃이 피는 내 집은 어디일까.
엄마 손 잡고 노래 부르던 내 살던 고향 집은
높은 산 올라서서 어디를 돌아보아도

보이지 않아. 보이지 않아. 내 살던 고향 집은'
감방 안은 순간 눈물바다가 되었다.

일주일이 되자 우리를 나오라고 했다.
아 결국 북한으로 넘겨 보내질 시간이 된 것이었다.
복도에 나가자 북한 여자들과 함께 살던 조선족 남자들도 풀려 나오는 모습이었다.
많은 북한 여자와 조선족 남자들이 서로 부여잡고 울었다.
임신한 그 언니와 그녀의 남편도 그 속에 있었다.
마침내 북한 여자들을 차에 태웠다. 조선족 남자들은 창문을 붙들고 통곡했다.
수갑이 채워진 언니의 두 손을 남편은 놓지 않았다.
"정희야. 안돼 오빤 너 못 보내. 못 보낸다구."
변방대 공안들은 그들을 떼어 놓으려고 파리 떼처럼 달라붙었지만 힘이 장사인 그녀의 남편은 언니를 놓지 않았다. 도저히 안 되겠는지 변방대 한사람이 몽둥이를 가져와 남편의 등짝을 내리치려 했다. 그러자 언니가 "안돼요! 내가 갈게. 오빠 꼭 다시 돌아올게. 애기도 낳아서 같이 다시 함께 올게. 기다려"

그녀는 남편의 손을 놓고 차에 올라왔다.
바라보던 우리는 안타까웠다. 도와주고 싶은 마음이 간

절했지만 어찌할 도리가 없었다.
남편은 떠나는 버스 뒤를 계속 따라오고 있었다.
언니는 뒤쪽 창문에 앉아 울면서 창문만 바라보고 있었다.
"오빠 미안해 꼭 기다려 흑흑…"
일주일 동안 단 한 끼도 먹지 않은 언니는 당장이라도 쓰러질 것만 같았다. 우리는 감시하에 수갑을 채운 채 중국 남평에서부터 북한 칠성리 세관을 향해 갔다.
이제 우리의 운명은 어떻게 될까? 어떤 처벌이 기다리고 있을까?
다른 탈북자들도 온통 두려움에 쌓여있었다. 앞으로의 일이 걱정되어 속이 타들어갔다. 오직 당과 수령님에게만 충실해 오던 내가 조국의 배신자가 되다니 도무지 믿기지 않았다.

이런저런 걱정 속에 북한 칠성 세관에 도착했다.
벌써 보위부 사람들이 줄지어 서 있었다.
가슴이 두근거리고 입술이 파르르 떨렸다. 휘몰아치는 눈 속을 헤치고 달려온 차 속에 사람들은 얼굴이 창백해졌다. 차 문이 열리면서 한명 한명 내렸다. 우리가 차고 있던 반짝반짝 윤이 나는 은팔찌 수갑은 중국 변방대가 가져가고 곧바로 녹이 잔뜩 슨 철 팔찌 수갑으로 바꿔져 채워졌다.

칠성리 세관에 들어가자 넉 줄로 서라고 하더니 한 사람씩 주머니를 수색했다. 아무것도 나온 게 없자 화풀이라도 하듯이 건강뽐프(앉았다 일어났다)를 100개씩이나 하라고 시켰다.
"언니가 임신 상태이니 좀 봐주면 안 되겠습니까?"
내가 말하자 보위부 지도원은 버럭 소리를 내지르며 화를 냈다.
"야 이 개 간나야! 똥데지 놈 종자를 배갖고 와서 무슨 봐 달라고 하냐. 잔말 말고 뽐프 100번 해"

남한에서는 농촌 총각이 농촌으로 시집오는 여자가 없어 나이 든 노총각들이 늘어나자 동남아(중국, 태국, 베트남, 필리핀, 미얀마 등)처녀들과 국제결혼을 하듯이 중국도 노총각들이 많아서 탈북녀와 짝을 맺는 경우가 많았다. 심지어 돈으로 사서 인신매매 결혼을 하는 경우도 허다하였다.

스무 번 뽐프를 하던 임산부 언니가 급기야 쓰러지면서 정신을 잃었다. 나는 울면서 그 언니를 흔들어 깨웠다. 그러나 끝내 일어나지 못하고 사망하여 담가로 언니 시신을 싣고 나가버렸다. 이게 바로 북한 탈북자들과 조선족들이 감당해야 할 참혹한 국경의 사랑이다. 수많은 부부가 가족이 이렇게 중국 변방대에 의해 갈라졌다. 함께 살고 싶어도 국경이라는 걸림돌 때문에 끝끝내 사랑을 이루지 못하고 갈라져야 하는 것이 국경의 사랑이었다.

보위부에서 이런저런 조사를 잘 받은 끝에 우리는 어린 동생들 순영이와 순철이 덕분에 관대히 용서를 받고 네 식구가 집으로 돌아갈 수 있었다. 그 당시에는 북한에서 중국으로 가는 사람이 너무 많아서 감당이 안 되니 애들이나 노인들은 관대하게 그 가족까지 용서하는 분위기였다. 정말 다행이었다.

그곳에서 우리 집까지 150리는 되는 거리였다.
근심이 가득한 어머니의 얼굴색은 시커멓게 죽어있었다. 터벅터벅 발걸음을 옮기던 어머니의 모습을 지금도 잊을 수가 없다. 어머니는 이미 다 알고 있는 것 같았다. 앞으로 닥칠 일들을...
순영이와 순철이는 눈싸움을 하며 웃으며 장난쳤다.
그렇게 이틀을 걸어 도착한 우리 네 식구에게 또다시 무서운 처벌이 기다리고 있었다.

우리가 중국으로 도망간 사실을 무산 보위부에서 아버지 기업소에 알려준 탓에 연맹회에서 어머니를 찾았다.

기업소 청년조직에서는 나를 찾았다.
학교에서는 순영이와 순철이를 전교 학생들 앞에 세워놓고 사상 투쟁을 벌였다. 이렇게 우리 가족 모두가 조국의 반역자로 낙인이 찍혔다. 마을의 어느 곳에도 발붙일 곳이 없었다.
우리는 부둥켜안고 한없이 울었다. 고향에서 버림받았으니 어떻게 살아갈 수 있을까! 어떻게 하면 좋단 말인가! 하늘이 무너지는 듯했다.
집안에 살림살이는 아무것도 없었다. 그동안 도둑이 다 가져갔다. 할수없이 입었던 옷을 주고 대신 쌀을 조금 얻어와 하루하루 연명해 나갔다.

그러던 어느 날 어머니가 무겁게 입을 열었다.
"내가 순영이와 함께 중국의 교회에 가서 옥수수라도 얻어와야 하니 너는 순철이를 데리고 있어야 한다."
다시 중국으로 갔다가는 또 봉변을 당하려고 하냐고 말렸지만 소용이 없었다.
어머니는 순영이를 데리고 중국으로 향했다. 나와 순철이만 덩그러니 남겨졌다.

기업소 비서가 오더니 어머니와 순영이가 어디 갔냐고 물었다.
먹을 것이 없어 빵 장사하러 나갔다고 둘러댔다.

보름 후에서야 어머니가 왔다. 등 뒤에 쌀 배낭을 지고 서 오셔서 기분이 좋았다. 옛말에 쌀독에서 인심이 난다는 말이 이런 건가 싶었다. 순철이도 뛸 듯이 좋아했다. 그런데 순영이가 보이질 않았다. 세상에!! 나는 깜짝 놀랐다.
중국의 환경을 보았던 순영이가 그곳에 남아서 살고 싶어서였다. 그러면서 어머니만 북한으로 가라고 했다고 한다.

다음 날 어머니가 또 중국으로 가겠다는 것을 말렸지만 막무가내였다.
"엄마 꼭 올 거지?"
순철이도 어머니의 옷자락을 잡고 울면서 가지 말라고 졸랐지만, 소용이 없었다. 쌀을 가져와야 한다며 어머니는 울면서 또 떠났다. 왠지 느낌이 안 좋았다. 몇 달이 지났어도 어머니도 순영이도 돌아오지 않았다.
아버지는 생사조차 모른다. 이제는 우리 두 남매만이 남았다. 앞집 할머니도 옆집 아저씨도 사망하였다. 굶어 죽는 사람이 많아지자 대부분 먹을 것을 찾아 중국으로 떠났다.

나라에서 주던 배급이 끊긴지도 꽤 오래되었다.
봄이되자 살기 위해 언 감자를 주우러 다녔다. 그렇게

감자만을 캐어서 할 달을 살았다. 장갑도 솜 옷도 없이 겨울을 보내는 열 살짜리 어린 동생은 눈물을 흘리며 엄마는 언제오냐고 물었다. 나는 가슴이 찢어지는 것 같았다.
"순철아. 엄마 곧 올 거야. 쌀 많이 가지고...!"
순철이가 기다리는 것은 엄마보다는 쌀이었다.

오붓하게 모여 웃음 짓던 다섯 식구가 어쩌다 이렇게 되었을까?
부모 형제가 보고싶었다. 그러나 왠지 만날 가능성이 없을 것 같았다. 하늘이 무너지고 땅이 꺼지는 것 같았다. 견디다 못해 자살하려고 하였으나 내가 죽으면 동생은 어이하랴... 열 살짜리 어린 동생 때문에 이러지도 저러지도 못했다. 그때 그 심정을 글로 표현하지 못하는 것이 아쉽기만 하다.

하루하루 사는 것이 지옥만 같았다. 소금이 금 값이라 소금 먹어본 지가 오래되어 얼굴이 퉁퉁 부었다. 순철이도 붓고 못 먹어서 기운이 없어 먹을 것을 구하러 산에 갈 수도 없었다. 그렇게 힘들게 살면서도 내가 사는 북한에 조선이 나쁘다는 생각은 전혀 하지 못했다. 독재로 나라가 잘못되어서 그런 것이라고는 꿈에도 생각 못 했다.

그러던 어느 날 한 남자가 찾아왔다. 40세 정도 되어보였다.
"누구세요?"
"너희 엄마가 너희들을 데려오라고 해서 왔단다. 그러니 얼른 준비하고 가자."
그 시절에는 인신매매가 많아서 의심이 들기도 하였다. 그런데 그때 옆집에 미향이 엄마가 들어와 아저씨는 무척 놀라는 눈치였다.
"아~ 우리 집에 빚 받으러 온 아저씨예요. 아버지랑 무척 친했는데 저 아저씨에게 돈을 빌렸었나 봐요. 아버지가 집에 안 계신 줄 모르고 오셨어요"
내가 둘러대자 그제야 마음이 놓이는지 아저씨는 긴 한숨을 내쉬었다. 하지만 미향이 엄마는 여전히 의심하는 눈치였다.

그녀는 능청을 떨며 "난 또…무슨 나쁜 사람이 왔나 했지. 너희들끼리 있는데 나쁜 사람이라도 하면 어떻게 하니? 조심해라."하고는 미향이 엄마는 휑하니 나가버렸다. 한 대 얻어맞은 기분이었다. 아무래도 뭔지 모를 암시 같았다. 아저씨도 마음에 걸렸는지 내일 아침에 일찍 떠나자고 했다.

그날 저녁 아저씨가 사 온 맛있는 두부밥과 빵으로 오

랜만에 배부르게 먹었다. 이제 살 것 같았다. 빨리 엄마를 보고 싶었다. 그런데 갑자기 발자국 소리가 요란하더니 주재원이 노크도 없이 신발을 신고 방으로 들어왔다. 다짜고짜 아저씨에게 물었다. 우리 셋은 깜짝 놀랐다.
"당신 어디서 왔소? 고향은 어디며 거주지가 어디요?"
주재원의 뒤를 이어 미향이 엄마와 아빠도 들어왔다. 미향이 엄마와 아빠는 안전부 감시자의 끄나풀이었다. 북한에는 마을마다 몇 명씩 비밀리에 스파이를 두었었다.

"나는 이 아이들 아빠와 막역한 친구요. 이 친구가 몇 달 전 돈을 빌려 달라고 하여서 빌려줬는데 그 돈을 받으러 왔다가 친구 소식을 이제야 들었소."
주재원은 아저씨를 째려보더니 동생에게 다시 무섭게 물었다.
너무 긴장한 순철이는 파르르 떨며 "맞습니다. 저희 아버지 친구세요."
나는 그제야 안도의 숨을 내쉬었다.
하지만 주재원은 믿기지 않는 모양이었다.
"그래도 한 번 조사는 해 봐야겠소."
주재원은 아저씨를 데리고 나갔다.
미향이 엄마는 주재원을 따라 나가면서 "조심하라고 했

는데 이그..."하며 혀를 찼다. 모두가 나가자 나는 동생 순철이를 끌어안고 우리 엄마를 만날 기회를 한 번 놓쳤다고 말했다.

그 후 딴 맘 먹지 않고 열심히 살았지만, 아무것도 가진 게 없으니 매 끼니를 걱정하며 산다는 것이 비참할 뿐이었다.
봄이 되자 아이들은 책가방 대신 바구니와 배낭을 들고 산으로 향했다. 산나물을 뜯으러 수없이 다니느라 학교 교실은 썰렁했으며 등교하는 학생은 겨우 몇 명뿐이었다. 걸핏하면 마을 사람들은 누가 죽었다고 수군대지만 굶어 죽는 일이 하도 많다 보니 이젠 대수롭지 않게 생각하였다.
지금 살아있는 사람들도 내일 죽을지 모레 죽을지 불안에 떨고들 있었다. 나도 참으로 두려웠다.

다가올 죽음을 초조하게 기다리느니 차라리 당장 죽는 것이 낫겠다는 생각이 들었다. 동생 순철이는 9세였고 나는 19세의 어린 나이인데 죽기에는 너무 억울하였다. 그래서 버텨야만 한다. 언제쯤이면 우리 다섯 가족이 다시 모여서 살 수 있는 날이 올 것이다. 하고 마음을 바꿔 먹고 어떻게든지 버티며 살기로 결심하였다.

## 3. 인신매매

어느 날, 한마을에 사는 민수 아저씨가 찾아왔다. 한창 신혼생활인 그는 국경 경비대에서 군 복무를 할 때 그곳 마을 여자를 만나 결혼해 살고 있었다.
민수 아저씨는 키는 작았으나 똘똘한 아저씨였다. 군대 10년을 지내고 나와 한참 되었으니 40세가 가까웠다.
그는 군대 경험으로 중국을 자주 드나드는 사람이란 걸 듣고 있었다. 그래서 감옥보다 노동 단결대에 간 적이 있다. 캄캄한 밤에 전깃불이 정전이 되어 아저씨 얼굴을 알아볼 수가 없었다.
"나야, 민수 아저씨야. 잘 있었니?"
난데없이 찾아온 아저씨라 나는 놀라지 않을 수 없었다.

"어머 아저씨 안녕하세요? 어떻게 오셨어요?"
민수는 등에서 배낭을 내려놓으면서 가마솥에서 풀죽이 펄펄 끓고 있는데 그 앞으로 다가와

"그동안 잘 있었니? 밥은 아직 안 먹은 거구나!"
"네"
순철이도 민수 아저씨가 이상했는지 아저씨를 바라보았다.
"죽인 것 같은데…내가 뭐 좀 가져온 게 있으니 그걸 넣어 함께 먹자."
식량이 부족한 터라 나와 동생은 좋아하였다.

꺼내놓은 건 꼬부랑 국수 다섯 봉지였다. 그리고 누룽지가 한 봉지였다.
순철이의 눈이 밤하늘의 별처럼 반짝였다.
나는 꼬부랑 국수가 라면이라는 것을 몰라 물었다.
"이건 어떻게 먹어요?"
"봉지를 뜯어서 누룽지와 함께 솥에 넣어 함께 먹자꾸나."
나는 그때 라면을 처음 보았고 라면이 이렇게 맛있는 거구나 생각했다.
밥을 먹으면서 아저씨가 이런 호의를 베푸는 게 미심쩍었다.

혹시 엄마가 보내서? 아니면 아버지가 보내서 왔을까? 아니면 우리를 중국에 팔려고 왔을까? 별생각이 다 들었다.

그런데 아저씨가 물었다.
"너 돈 벌고 싶지 않니?"
"돈? 돈이요? 벌고 싶지요. 돈이 곧 쌀인데…"
"그래 돈을 벌어야 해. 돈이 있어야 죽지 않고 살 수가 있어."
나는 돈 번다는 소리에 귀가 번쩍 뜨였다.
"사실 돈 버는 곳이 있는데 네가 따라가겠는지"
"어디를 말하는 건가요?"
먹던 밥을 멈추고 아저씨를 등잔불 밑에서 바라보았다.
"대홍단이야.(북한 량강도 두만강 상류에 군 소재로 대홍단이다.) 지금 중국 사람들이 와서 고사리를 직접 사가는데 한 달만 고사리를 뜯으면 북한도 만 원을 준단다."
이런 기회를 놓치지 말아야 하는데…(북한 노동자 한 달 월급이 5천 원이면 우리나라 돈 65만 원이다) 한달에 130만 원 번다는데 평생 손에 만져보지도 못한 액수였다.

"아저씨 정말인가요? 정말 한 달만 일하면 만 원 주나요?"
"그럼 내가 거짓말을 하겠니? 진짜야. 결정은 네가 알아서 하는 거야! 여기서 동생과 함께 굶어 죽는 게 나은지 대홍단에 가서 고사리를 뜯어 잘 먹고, 잘 사는

게 나은지는 네가 알아서 할 문제야."
"저 갈게요."
"그래 생각 잘했다. 헌데 너 혼자 가도 되겠니? 친한 친구하고 가면 더 안심되고 좋을 텐데"
그렇지 요즘 나쁜 사람이 많아서 무섭기도 하고 혼자는 겁이 났다.
"아저씨 저 나갔다 올게요."
뒷집에 선금이 언니가 생각났다.
나는 뒷집으로 헐레벌떡 뛰어갔다. 언니에게 전하니 같이 가고 싶다고 한다. 우리 집으로 데리고 와서 아저씨 이야기를 직접 듣게 했다. 언니는 다 듣고 나서는 흔쾌히 승낙했다. 이제 남은 일은 순철이를 설득하는 일이었다.
순철이는 누나 가지 말라며 눈이 퉁퉁 붓도록 울었다. 가슴이 미어지고 속상했지만 굶어 죽지 않기 위해서는 당분간만 헤어져야 했다.

다음 날 고사리를 뜯으러 갈 만반의 준비를 하고 옷 보따리 배낭을 짊어지고 나와 선금 언니 그리고 아저씨 셋은 길을 나섰다.
동생은 울면서 가지 말라고 손을 잡고 놓지를 않았다.
"순철아 누나가 돈 벌어서 꼭 돌아올게. 그때까지만 순금이 할머니 집에 가서 있어야 해." 나도 동생을 부둥켜안고 한참을 울었다. 순철이는 애원했다.
"나 배고프다고 안 할 게 그러니까 가지마. 흐흐흐"
"누나 꼭 올게 기다려"
겨우 동생을 떼어 놓고 길을 떠났다. 순금이 언니 할머니가 순철이를 꼭 잡고 있었다. 할머니는 순철이에게 누나가 먹을 것과 옷을 사주려고 하는 것이니까 용서하라고 말해주셨다.
내 자신이 미웠다. 그러면서 마음을 굳게 먹고 걷고 또 걸었다. 그것도 험한 산길을 걷는 것은 사람들에게 들키지 않으려는 것 같았다. 어둑어둑해지는 저녁 7시쯤 되었을까? 앞서가던 아저씨가 갑자기 걸음을 멈추더니 뭔가 두려운 눈치였고 아저씨만 아래로 내려갔다. 우리에게 내려오라는 손짓을 해서 언니와 나는 아저씨를 하라는대로 했다.

"여기서 두만강을 건너야 해. 말하지 말고 조용히 가자"
조금 이상했지만 강을 건넜다. 강폭은 아주 좁았다. 새벽 4시쯤 어느 산속에 있는 통나무집이 보였다.
아저씨는 조심히 문을 두드렸고 조금 있다가 50이 넘은 집주인 아저씨가 눈을 비비며 문을 열어주면서 아저씨들끼리 서로 알아보았다. 이곳은 대흥단군이 아니다. 중국 땅이었다. 완전히 속은 것이었다.

북한에서 여자들이 없어지면 바로 이런 곳으로 데려왔을 것이다. 굶어 죽는 것보다는 이런 데서라도 살아있는 것이 더 나았다. 언니와 나는 두려움에 서로 손을 꼭 잡았다. 생각지도 못한 곳으로 와서 눈앞이 캄캄했지만, 집에 남아있는 어린 동생을 생각해서 돈을 벌어 이런 데라도 데려와야 했다. 그래야 굶어죽지 않기 때문이다.
"아저씨 대흥단 고사리 뜯는 데가 아니고 여긴 중국이잖아요."
"솔직히 너희에게 중국에 가자고 하면 따라 왔겠니. 다 너희들을 위해서니 걱정말고 잘 따르기나 해라."
우리를 생각해서 여기로 데려왔다는 말이 한편으로는 고맙기도 했다. 이왕 이렇게 된 김에 무엇을 하든 돈이나 벌어가기로 마음먹었다.

아저씨는 선금이 언니는 여기에 남고 나만 같이 가자는 것이었다.
1~2년 사이에 이별의 연속이었다. 하지만 그런 현실을 받아들일 수밖에 없었다. 2시간가량 걷다가 아저씨가 숲길을 따라 자그마한 비닐하우스와 정체모를 사람들이 있는 곳으로 데려갔다. 5월이라 춥지 않아 하우스 문을 열어 놓아서 안을 들여다보니 이게 웬일인가! 하우스 안에는 민수 아저씨의 아내가 아이에게 젖을 먹이고 있

었다.
"아주머니 여기 웬일이세요?"
아저씨는 이미 가족을 데려와 돈을 벌기 위해 중국에 팔아야 할 여자들이 필요했던 것이다.
나는 여기가 어딘지도 모르니 도망갈 수도 없었다. 그리고 여기에서 빈주먹으로 동생 순철이에게 간다 하여도 형편이 더 나아질 수도 없으니 진퇴양난(進退兩難)이었다.

일주일간 중국 남자 네 명에게 밥을 해주며 지내는 동안 아침에는 오토바이를 타고 나갔다 오기도 하였다. 이제 돈을 벌러 저 사람들과 같이 연변 화룡으로 가야 한다며 차를 타러 갔다. 두려움과 공포 속에 떨었다.
처음 중국으로 탈출했을 때 연길로 가는 도중에 연방 경비대에게 잡힌 경험이 있기 때문이었다.
또 잡히지 않을까! 이번에는 잡히지 말아야 하는데 하면서 버스에 올라탔다.

한참을 달려가는데 뒤에서 경찰 사이렌 소리가 왱왱울렸다.
그러더니 앞으로 와서 가로막았다. 버스는 섯고 중국 공안늘이 올라왔다. 누군가 공안에 고발한 것이 틀림없었다.

나는 공안들이 버스에 오르자 파르르 떨었다. 공안원은 다짜고짜 내 손에 수갑을 채웠다. 다른 여성 세 명도 수갑을 채웠다. 공안원 세 명에게 끌려 탈북 여성 네 명도 공안 차에 태웠다.
이젠 정말 끝이구나. 꽃다운 열아홉 살 처녀 나이에 파란만장한 삶은 기구만장하였다. 돈 한 푼 손에 쥐지 못하고 이대로 잡혀간단 말인가!

우리가 도착한 곳은 화룡 공안국이었다.
우리는 심문하는 방으로 들여보냈다. 생각과는 달리 아주 상냥하게 대해주어 의아했다.
우리에게 이것저것을 묻고 답하는 과정에서 그 남자들은 사람이 사람을 파는 인신매매 장사꾼이라고 하였다. 북한에는 여자들이 먹을 것을 구하러 몸을 팔거나 인신매매를 한다는 소리를 자주 들어보았으나 나에게도 예외는 아니었다.
나는 이때 김씨 일가가 독재정치로 인권을 탄압하고 못 먹고 못 사는 사회주의 때문인 것을 몰랐다. 오로지 세상이 어렵고 먹을 것이 없어서 그런 거로만 알았다. 그래서 조금도 김정일 수령님을 탓하거나 원망해본 적이 없었다.
지금 그게 문제가 아니었다. 북한으로 북송될 경우를 생각하면 온몸이 부들부들 떨렸다. 어떤 벌들이 나를 기다리고 있을까! 두려움만이 머릿속을 가득 메웠다.

잠시 후 공안국 국장이 들어왔다.
조선에선 지금도 배급을 안 주느냐? 굶어죽는 사람이 많다던데 정말 그렇게 많을까? 질문하는 모습이 우리를 봐주려는 느낌이 들었다. 그냥 풀어 주었으면...헛된 꿈을 꾸기도 해보았다.
"북한 인민들은 배급을 받지 못해 풀과 나무껍질로 생계를 유지하며 먹을 것이 없어 죽는 사람이 수없이 많습니다."
그런 데서 어떻게 사느냐면서 옆에 있던 키 큰 사람이 입을 열었다.
"너희들 넷은 중국에서 돈을 벌어 강을 건너가겠니? 아니면 지금 북송 될거니?"하고 물었다.
넷 여자들은 약속이나 한 듯이 우리는 돈을 벌어서 강을 건너고 싶다고 하였다. 그러자 그는 슬그머니 나가더니 30분이 넘어도 들어오지 않았다.

우리에게 이대로 도망갈 기회를 주려는 것이 아닌가 하여 서로의 얼굴을 쳐다보다가 이내 뛰기 시작하였다. 헌데 키 큰 공화국 아저씨가 창문 너머로 빨리 가라며 손짓을 하는 게 아닌가! 그렇게 좋은 사람을 만나 우리는 구사일생으로 살아남게 되었다.

우리 네 여자는 뿔뿔이 헤어졌다. 같이 다니다가는 무슨 일이 일어날지 몰라 두명씩 짝을지어 헤어졌다. 나는 34세가 된 언니와 함께 뛰었다.
언니는 자기가 아는 친척 집이 있다며 그곳에 가자고 했다.
한참 돌아다니다 공중전화소 아저씨와 대화를 하게 되었다. 아저씨도 대뜸 우리가 북한 탈북녀인 걸 알아차렸다. (1998년도 중국은 돈을 받고 공중전화를 걸어주던 때이다.)
"니들 조선에서 왔재이?"
"네 아저씨"
"빨리 여기 들어오오"
생각외로 반갑게 대하는 아저씨에게 고맙다는 인사도 할새 없이 워낙 급한 터라 바로 따라 들어갔다.
아저씨는 언제 왔냐? 어떻게 왔냐? 하더니 니네들 고생 많이 했구만 하더니 10원을 주면서 뭘 좀 사 와서 먹으라고 했다.
옆에는 음식 장사가 나란히 놓고들 팔고 있었다.
기름에 구운 밀가루 떡을 10원을 주니 20개나 주었다.
중국 말을 할 줄 모르니 반만 달라고 할 수도 없었다. 주는 대로 받아 가지고 오니 아저씨가 깜짝 놀랐다. 어이가 없다고 웃는 아저씨를 보니 긴장이 풀렸다.

"지금 연변에는 사람 장사꾼이 꽉 찼고 그게 돈을 많이 번다 하여 지금 난리가 났소. 북한 여자라면 돈이 되니 끝까지 쫓아가서 잡아서 팔아 버리오. 그러니 여기에서 있는 것도 불안하오."그 말을 들으니 갑자기 가슴이 또 떨리기 시작하면서 불안했다. 아니나 다를까 빨간 티셔츠만 입은 남자가 우리 쪽으로 걸어오고 있었다. 망나니같이 생긴 게 머리도 짧았고 삭발한 모습이 감옥에서 나온 지 얼마 안 되는 것 같았다.

언니와 나는 손에 땀이 나도록 두 손을 꼭 쥐었다.
"아바이 전화 1분에 얼맙두?" 전화통을 쥐고 언니와 나를 쳐다보았다.
"아바이 저 여자들 조선에서 오지 않았음두?"
"아니오 내 조카딸들인데 흑룡강에서 다닐러 왔소. 어째 그러오?"
"조선에서 온 여자들이 아이꾸마? 딱 보니까 조선에서 온 것 같은데…"
속이 콩알만 해진 우리는 태연한 채 하였다.
아저씨는 더 태연해 보였다.
갑자기 우리를 보며 중국말로 물어 당황해서 그냥 있었나. 그때 샙싸게 우리 대신 아저씨가 말했다.
"흑룡강에서는 조선학교만 다녀서 한족 말은 잘 모르오. 어찌 그러오?"

"아이꾸마 북한 여자들 같아서 그랬꾸마" 그러더니 슬금슬금 걸어갔다. '후' 하고 안도의 한숨이 나왔다.

아저씨가 "이러다가는 내가 잘못되겠소." 하여 우리는 더 다급해졌다.
"이왕 이렇게 잘못된 바엔 병신이나 바보한테 팔려서 가느니 시집이나 가는게 어떻겠소?"
아저씨의 말에 나는 가슴이 철렁하였다.
나는 19세로 나이가 어린데 벌써 시집을 간다니 어찌할 바를 몰랐다.
아저씨는 옆에 있는 언니에게 물었다.
"나는 이혼하고 혼자요. 아이는 남매인데 지 아버지가 데려갔으니 나야 어떻소?"
가만히 듣고 보니 아저씨는 언니와 같이 살고 싶었던 것이다.
아저씨는 다리에 인공 다리를 하여 불구자여서 아직도 결혼을 못한 홀아비였다. 사정 이야기를 다 듣고 난 언니는 얼굴이 빨개지면서 "예 그렇게 하겠습니다."라고 대답했다.
언니는 아저씨를 쳐다보지 못하고 다른 곳을 바라보면서 이런 남자라면 자신 하나는 지켜줄 수 있다고 생각되어 아내가 되기로 결심하였다.
인신매매로 노예처럼 팔려가는 것보다는 훨씬 나은 편

이라는 생각에 언니의 마음을 알 것 같았다.

"근데 제는 어떻게 하겠소?"
아저씨의 말에 갈 곳 없는 나는 너무도 비참해졌다.
'후' 하고 한숨만 내쉬면서 눈물을 닦는 나를 보며 언니가 나를 끌어안았다. 이것이 중국에서 수많은 북한 여성이 겪는 비극이었다. 아저씨는 두 여자가 우는 것을 보고 어디로 전화를 걸었다.

"야! 창하니? 내래 여기 좀 와야겠다. 여기 여자 좀 성민이네 집에 데려다줘야겠다. 갈 곳이 없어서 그런다. 빨리 와라. 응? 알았다."
아저씨 전화 소리 대로 나를 어디론가 거처를 마련해 주려는 것 같았다.
돈도 벌어야겠고 가족도 찾아야 하는데 내 앞날이 캄캄했다.
19세 나이로 다른 방안을 찾기가 막막하였다.
잠시 후 승용차가 오더니 한사람이 내렸다.
"형니메 이여이오?" 아저씨에게 물었다.
"오 근데 이 여자만 데려가면 된다."
"자 빨리 차에 차오. 가서 잘 있고?"
나는 차에 내린 사람에게 인계하고 가서 잘 살라고 말하는 아저씨에게 '네'하고 인사를 하고는 언니를 바라보

앉다.
언니는 동병상련의 눈물을 흘리며 잘 가라고 했다.
그렇게 헤어지면 서로 연락도 못할 건 뻔하였다.

성민이네 집이 어딘지 그리로 가면서 창하 아저씨는 이런저런 이야기를 자꾸 물어보았다.
그러다 어떤 집에 이르자 차가 멈춰섰다.
그곳은 농촌으로 100여 세대가 사는 듯했다.
화룡 시내에서 그리 멀지 않았다.
창하 아저씨가 대문에 들어서자 웬 아줌마가 마중을 나왔다.
"아이구 이게 누구요? 창하 아니오? 어떻게 왔소"
"성민이는 어디 갔소? 집에 있소?"
"근데 저 여자는 누기요?"
아줌마가 궁금했던지 목소리를 낮추어 나를 물었다.
"아 조선에서 왔소. 화룡 형님이 여기 좀 있게 한다고 해서 데리고 왔소."
"어쨌든 안에 들어가 말하기요."

"야 성민아" 창하 아저씨는 성민 아저씨 이름을 부르며 집 안으로 들어갔고 주인집 아주머니가 내 손을 이끌며 들어가자고 했다.
그때 모내기 철이라 아줌마 남편인 아저씨는 바빴다.

성민 아저씨네는 아들들까지 네 가족이었다.
심성이 좋은 부부 집에서 일주일쯤 머물면서 아줌마에게 중국말을 배웠다.
일주일이 되던 날 아저씨는 공안들이 조선사람들을 찾아내려고 샅샅이 뒤지고 있으며 감추어둔 사람에게는 어마어마한 벌금을 내게 한다고 했다. 그러니 중국에서 북한 여자들이 일자리 찾기란 쉬운 일이 아니었다. 너무 무서웠다. 성민 아저씨도 나에게 시집을 가서 동생에게 돈을 보내주는 게 어떠냐고 했다.
나는 생각해 보겠다며 방에 들어가 울었다.
동생 순철이는 굶어 죽은 것 같아 불안하였다.
아무리 생각해도 순철이가 너무 불쌍했다. 결국 나는 결혼이라도 해서 순철이를 데려와 함께 살수만 있다면 하는 생각이 들어 결혼을 결심했다.

## 4. 또 한 번의 밀고

 아줌마 집에 있다가 공안에 붙잡히느니 차라리 팔려가는 편이 나았다.
인신매매꾼의 소개로 요녕성의 어떤 할머니 집에 팔려가 살게 되었다.
그 할머니는 일본에 가 있는 아들과 살게 하려고 매매꾼에게 나를 산 것이다.
서로 언어는 다르지만, 손짓 몸짓을 해가며 어느정도 중국어로 의사소통을 하며 친해졌다.

할머니는 아들이 일본에서 돈 벌어 부쳐오는 것을 쓰지 않고 모아두었다.
심성이 착한 할머니는 나를 친딸이나 손녀처럼 대해주셨다.
일본에 간 아들은 돈을 버느라고 결혼을 못 하여 나이가 많은 노총각이었다. 어느 날에는 아들의 사진을 꺼내어 앞으로 네 신랑이 될 사람이라고 말하시곤 하였다. 나를 정식 며느리로 생각해서 더욱 나에게 잘해주는 것 같았다. 너무나 큰 관심은 도를 넘는 것 같아 부담스러웠다. 그 집에 살면서 순철이 동생을 데려올 방법을 찾으려고 무진 애를 썼다. 돈만 준비되면 무조건 동생을 데려오겠다고 거듭 다짐했다. 할머니에게 도와달라고 하려다가 망설일 뿐 참고 있었다.

순철이를 생각하면 속이 바짝 타들어 가는 것만 같았다.
이런 것이 피를 나눈 혈육이고 천륜이 아닌가 한다.
천륜이란 끊으려 해도 끊어지지 않는 게 천륜이라고 하였건만 하늘은 너무나 무심했다. 낯선 타향에서 나만 잘 먹고 지낸다는 것이 너무나 처량했다. 그러던 어느 날 마을 촌장이 할머니를 찾아왔다. 나에 대한 신상정보를 알아야 한다고 했다.
호적에 올려야 한다는 말이 의심스럽기도 했지만, 한편으로는 욕심이나서 선 듯 알려주었다.

할머니는 이제 됐다면서 기뻐하셨다. 나도 좋았다. 호적이 있으면 중국에서 마음대로 다닐 수 있고 동생도 데려올 수 있다는 생각이었다.
할머니도 두 달 후에 일본에서 아들이 오면 부부가 될 것이라고 하였는데 그것은 우리의 희망 사항일 뿐이었다.
얼마 후 경찰이 찾아와서 문을 탕탕 두드리는데 조금은 무서웠다.
그래도 호적에 올려주러 온것이라는 생각에 기대하며 문을 열었다.
할머니는 마실 차를 준비하는데 순간 불법으로 중국에 들어온 조선사람을 체포한다면서 내 손목에 수갑을 채웠다. 순간 나의 머릿속이 하얘지면서 19세 나이에 수없이 수갑이 채워지니 파란만장도 이런 파란만장이 없다는 생각이 들었다.

"이게 웬 말인가? 체포라니?"
그러면 촌장이 호적을 해주겠다는 말은 거짓말이었냐며 할머니가 울며불며 안된다고 했다. 그 모습이 너무 안쓰러웠다.
그러거나 말거나 공안들은 막무가네였다.
차 안에는 수갑을 찬 30대 조선 여자가 앉아 있었다.
차 밖에는 공안들과 할머니가 몸싸움이 한창이었다.
차는 출발했고 파견소에 도착하여 간단한 조사를 했다. 그리고 죄인들이 있는 교도소에 수감하였다. 여기서는 손과 발에 쇠고랑을 채웠다.

이제 뭘 어찌해야 하나! 이대로 이곳에서 살게 되는 걸까!
두려움을 가득 안고 어느덧 수감 될 방까지 왔다.
그 여자는 오른쪽 방 나는 왼쪽 감방이었다.
30여 명의 죄수 여자들이 나를 일제히 쳐다봤다.
나는 갈래머리였는데 제일 어렸고 그들도 어린 애로 대했다. 나이가 제일 많은 여자는 엄마뻘인 40대였다.
그때부터 나는 한 달을 감옥에 있었다.
밥은 중국 옥수수 떡이었는데 맛이 없었다.
어느 날 웬 양복을 입은 남녀가 우리를 들여다보았고 말투가 한국사람들 같았다. 그들은 우리를 불쌍한 표정으로 바라보았다.
무슨 일일까? 혹시 한국인이라면 왜 여기에 왔을까? 그리고 왜 우리를 유심히 둘러볼까? 별의별 생각이 다 들었다.

회령에서 온 언니가 한국 대사관에서 온 사람들이 아닐까? 말했다.
아 그러면 얼마나 좋을까! 우리는 서로 보면서 어리둥절했다.
"아니야 한국 대사관으로 가다가 붙잡히면 우리는 끝이야. 가지 말아야 해"
누군가의 말에 분위기는 다시 우울해졌다.
남한일지 북한일지에 따라 우리의 운명이 결정될 듯했

다.
한국이라는 단어를 떠올리면 조금은 살 것 같은 기분이 들었다.
하지만 하늘의 별 따기 마냥 힘든 일이었다.

다음 날 아침 쌀밥에 돼지고기 국이 들어왔다.
허참 이게 웬일이지? 식사를 마치자 어제 구세주 같았던 그 사람들이 들어왔다.
"안녕하세요? 여기 계시니 많이 힘들지요? 우리는 요녕성 조선족 학교의 교사들입니다. 교도소에 통역이 없기에 오게 되었습니다. 오늘 아침부터 식사가 달라졌지요? 어제 우리가 교도소에다가 외국인 대우를 이렇게 하느냐면서 따졌습니다. 어땠습니까? 드실만 하셨지요?"
웃음 띤 차분한 어조로 이야기하는 모습에 가슴이 찡했다.
"이제부터 한 명씩 조사해야 하는 데 탈북자가 이렇게 많은 게 처음입니다. 그러면 호명하는 대로 나와주시길 바라며 협조 부탁드립니다."
그들이 나가고 어떻게 대답해야 유리할지 여기까지 온 과정을 더듬어 보았다.

잠시 후 10명씩 호명하였고 한 시간가량을 조사한 것

같았다.
조사받는 사람마다 울면서 돌아왔다.
우는 사람들에게 물어볼 수 없어 초조하게 기다렸더니 내 차례가 왔다. 탈북자들이 그간 겪은 내용을 듣고 교사들도 함께 울고 있었다.
동포애 때문이며 짓밟힌 인권에 대한 애잔함에서일까. 탈북자가 겪어온 참담한 이야기는 그만 조사원들을 울린 모양이 되었다.

나를 조사한 여교사는 40대 나이에 아주 차분하고 조용했다.
"안녕하세요. 반가워요."
긴장했던 나의 마음이 눈 녹듯이 풀리는 듯했다.
"이름이 뭐라고 했지요? 긴장하지 말고 편하게 말해요. 그동안 고생 많이 했죠?" 따뜻한 말을 들으니 눈물이 금방 쏟아졌다.
나는 중국에 오게 된 이야기를 했다. 받아적던 교사는 계속 눈물을 흘렸다. 가족마다 헤어진 이야기, 풀죽도 못 먹어 초근목피로 살아왔던 이야기, 어린 동생과의 이별 이야기를 할 때 나보다 여교사가 더 많이 울었다. 나는 우느라 말을 이어가지 못했고 교사도 북받치는 눈물 때문에 글을 적지 못했다. 주변에 모두가 그러했다.

"이제 북에 가면 어떻게 되나요?"
말을 못 하는 교사는 손수건으로 또 눈물을 닦았다.
"저는 조국을 배반하려는 것이 아닙니다. 단지 먹고살기 어려워 돈을 벌려고 속아서 왔을 뿐입니다. 중국으로 오는 줄도 모르고 북한 대홍단군 산에 고사리 따는 곳인 줄만 알았습니다. 제발 북송해서 감옥에 가지 않게 해주세요."
나의 말에 포근히 안아주며 "방법을 찾아볼게요." 하고 답해주었다.
1시간 30분 조사를 마친 후 돌아와서 흐느끼며 울었다. 우리 방에는 부모 형제가 다 굶어 죽어 중국으로 먹을 것을 찾으러 온 여인들이 많았다. 누군가 돕지 않는다면 우리는 북송을 면치 못할 것이다. 나는 초조했다.
"난 조선에 잡혀가면 죽는데… 후우"
한 언니가 눈물이 글썽한 채 한숨을 내쉬며 감방 안의 침묵을 깨뜨렸다. 밖에서는 봄비가 보슬보슬 내리고 있었다. 마치 쓸쓸한 우리 마음을 대변이라도 하는 듯하였다.

감방 안은 심란하여 누구도 입을 떼지 않았다. 그때 나이가 제일 많은 40대 언니가 감방 안의 고요함을 깨뜨렸다.
"우리가 이러고 있으면 있을수록 아무것도 될 것 같지

않아요. 내가 연길에 있을 때 교회에 다녔어요. 하나님을 만나고 이 세상을 창조하신 예수를 믿었어요. 기독교에 대해 아는 것은 없지만 좋다는 것은 다 해봐야 돼요. 기도를 해요. 우리가 기도하면 하나님이 들어주십니다. 우리가 힘들수록 하나님께 의지하고 기도하고 하나님을 믿어야 해요. 기도할 사람은 두 손 모아 쥐고 저와 함께 기도합시다."

모두가 그 언니를 바라보았다. 기도를 어떻게 하는지도 잘 몰랐다. 하지만 마음속으로 간절히 빌었다. 30여 명의 언니는 큰언니를 따라 두 손 모아 쥐고 기도하기 시작했다.
'하나님 눈물로 이 감옥 안에서 기도드립니다. 하나님의 모든 것을 알지 못하는 사람들입니다. 하지만 하나님의 존재를 알게 될 사람들이오니 우리의 기도를 귀히 들어주시옵소서. 부모 형제와 헤어져 아무것도 모르는 곳에 와 있습니다. 정든 고향을 떠나 살길 찾아 먹을 것을 찾아 이곳까지 오게 되었습니다. 하나님 우리는 주님을 알지 못합니다. 하지만 주님은 우리를 기도하게 해주셨습니다. 우리를 언제나 사랑하신 하나님'
큰언니가 눈물을 흘리며 간절히 기도하자 모두가 따라 흐느꼈다.
'우리의 기도에 응답해주실 하나님 주님만 믿습니다. 영

원하신 하나님 감사하며 예수님 이름으로 기도드렸습니다. 아멘'

기도는 끝났지만 모두 다 두 손은 떨어질 줄 몰랐다. 놀라운 일이었다. 기도 중에 산모였던 언니는 흐르는 젖을 계속 닦아내고 있었다. 그 언니는 출산한 지 일주일 만에 공안에게 잡혀 왔다. 언니는 아이 생각에 잠을 이루지 못하였다.
기도가 끝난 후에도 여기저기서 흐느껴 우는 소리가 들려왔다.
'에잇 이렇게 살아서 뭐 하겠니!' 하는 소리가 들리더니 갑자기 누군가 화장실에 드러누워 커튼을 와락 잡아챘었다. 고개를 들어보니 코가 큰 언니였다. 커튼을 두쪽으로 나누더니 두 개를 이어서 쇠창살에 묶었다. 언니의 갑작스러운 행동에 모두가 깜짝 놀랐다.
"언니 이러면 안 돼요. 이러지 마요. 언니"
"이거 놔. 이대로 끌려가면 안 돼. 나는 돈 벌어서 가져가야 해. 이렇게 가서 죽을 바에는 차라리 여기서 죽는 게 낫지" 언니는 대성통곡하였다.

남편과 자식들마저 굶어 죽고 하나 남은 어린 딸은 친정에 맡겨두고 중국에 돈 벌러 온다는 것이 그만 팔려오게 된 것이었다.

그런 언니를 보며 감방 안은 온통 울음바다였다.
30명 전원이 울음보가 터진 것이다. 우리의 울음소리에 공안들이 달려왔다.
"니들 뭐 하는 건가?"
우리는 언니가 목을 매려고 했던 커튼 천을 높이 들었더니 당황한 공안들이 야단법석이었다.
잠시 후에 높은 사람인 공안 한 명이 들어왔다. 이런 식으로 하면 한국으로도 못 가게 될 수 있다며 달랬다.
"3일 후에 북조선으로 이송하게 되었다."
공안의 비수같은 한마디에 숨이 꽉 막히고 눈물조차 나오지 않았다.
하루하루 남한에 보내줄 것으로만 손꼽아 기다렸는데 허망하였다. 행운은 그렇게 나를 비껴갔다.
그것도 내 나라 조국이라고...
그렇게 간청하고 기도하였건만 중국은 나를 지옥인 그 땅으로 돌려보내야만 한단 말인가!

점심밥이 들어와도 누구 하나 먹지 않고 그대로 내보냈다.
저녁 그리고 다음 날 아침에도 금식 투쟁을 하였다.
한국에 보내든지 중국에 남게 하던지 북한에는 안 가겠다는 우리들 주장에 교도소 공안들도 어쩔 줄 몰랐다.
"식사들 하시오. 안 먹으면 당신들을 처벌하겠소."

"그래요. 처벌하세요. 여기서 굶어 죽는 것이 차라리 낫겠습니다."
공안들은 아무 말도 하지 못했다.
그렇게 우리는 3일을 단식했다. 지쳐 쓰러질 것만 같았다. 말할 기운조차 없었다. 아픈 큰 언니도 산모인 언니도 자살을 시도했던 언니도 모두가 늘어졌다. 복도에 군화 소리가 요란하더니 감방 쇠문이 금속성 소리를 내며 덜커덩 열렸다.

높은 공안원이 소리쳤다.
"당신들이 이렇게 해도 소용이 없소. 내일은 당신들 모두와 북송될 것입니다. 가면 밥도 못 먹을 터인데 여기서라도 밥을 많이 먹고 가는 게 나을 것이오."
매몰차게 말하고는 휑하니 가버렸다.
마지막 항변이었지만 단식으로 해결될 것은 아니었다. 낯선 타향에 주린 배를 채우러 와서는 여기저기 팔려 다니다가 끝내는 지옥같은 곳에 끌려가야만 하는 처량한 신세가 조선의 딸들에게 처한 일이었다.
남한, 일본, 중국, 러시아는 다 잘사는데 왜 오직 북한만 이렇게 비극적으로 살아야 하는 것일까! 북한도 잘 살 수는 없는 걸까! 도대체 무엇이 내 조국을 이렇게 만든 것일까!

그때 온성에서 왔다는 언니가 갑자기 일어났다.
"마지막 방법이 하나 있어요. 저기있는 가루비누를 조금씩 나누어 챙기고 우리를 태운 버스 안에서 공안들 눈에 뿌리고 창문을 깨서 도망가는 거예요. 어때요?"
괜찮은 방법인 것 같다며 모두가 응했다.
"이렇게라도 해야 합니다. 그래야 북에 있는 가족도 살리고 우리도 삽니다. 여기에 동의하는 사람은 손을 듭시다."
단식으로 널브러져 있던 언니들이 일어나 손을 들어 나도 손을 들었다. 손이 떨렸다.
"여기서 실패하면 안 됩니다. 꼭 성공해야 합니다."
화장지에 가루비누를 싸서 한 명씩 나누어 가졌다. 30명의 손을 합쳐모아 외쳤다.
"힘을 냅시다! 그래서 이깁시다.!"

다음 날 오전 9시 30분 드디어 결전의 날이 왔다.
복도에 줄줄이 늘어선 공안들의 감시하에 나누어 가진 가루비누를 몸에 지닌 채 감방에서 나서서 버스에 올랐다.
버스 안에는 양쪽으로 좌석이 늘어서 있었다. 공안은 창문 쪽에 한 명씩 앉고 수십 명의 공안이 1:1로 한 명씩 옆에 앉았다. 내 옆에는 젊은 공안이 앉았다. 상황이 이렇게 되면 움직이기가 힘들텐데 우리가 과연 해낼 수 있을까? 참으로 두려웠다.

잠시 뒤 4대의 버스가 나란히 교도소를 출발했다.
그렇게 한참을 달렸다. 공안들은 자기들끼리 잡담을 나누었다. 뒤에서 은성 언니가 헛기침 하는 것이 신호였다. 그때부터 우리는 뿌리치고 대담하게 행동해야만 했다. 순간 '아야' 하는 소리가 나더니 공안 한 명이 두 눈을 싸쥐었다. 은성 언니가 먼저 실시한 것이었다. 우리는 일어나 일제히 행동을 개시하였다. 공안들 눈에 가루비누를 마구 뿌렸다. 여자의 몸으로 그것도 3일이나 단식한 상태에서 힘쎈 공안들과 한 명씩 붙어 무진장 몸싸움을 해댔다. 은성 언니가 유리창을 깨려고 하였지만, 유리가 두꺼워 쉽사리 깨지지 않았다.

아뿔사 우리가 어리석은 생각을 한 모양이었다.
주먹으로 치면 유리가 금방 깨질 것으로 생각한 것이다. 버스 안은 아수라장이 되었고 어느 공안이 총을 쏘았다. 이윽고 버스 안이 조용해졌다.
"당신들이 이러면 수갑을 채울 수밖에 없소." 말이 끝나자 우리에게 수갑을 채웠다. 그들을 더욱 자극하는 꼴이 되고 말았다.
밖에는 비가 내리고 버스 안은 침묵만이 흘렀다.

열 시간은 걸려 단동(압록강 건너 중국) 변방대에 인계되었다.
교도소에 몇 명씩 한 조가 되어 배치되었다. 임산부 언니도 다음 달 해산 예정일인데 같은 방이었다.
방 안은 캄캄하고 싸늘했다. 내일이면 북한에 끌려가야 했다.
나는 이제 어디로 보내질까? 교화소로 보내질까? 아니면 단련대? 이것저것 근심이 태산이었다. 이런저런 걱정으로 잠을 못자고 있는데 어디서 비명 소리가 들려왔다. 무슨 일인가 보니 임신한 언니가 소변 도중 아기의 손이 나온 것이었다. 아마도 덜컹거리는 버스 안에서 출산일이 앞당겨진 것이다.
당가로 언니를 데리고 나갔다.

단동에서의 하룻밤이 끝이 나고 마침내 북한으로 향하는 버스에 올랐다.
아기는 보이지 않고 언니만 담요에 싸여 버스에 탔다. 아이는 이미 죽었던 것이다.
버스는 단동을 떠나 압록강 다리를 건너 북한으로 건너가고 있었다. 좁은 두만강과 달리 압록강은 서해 바다 하류여서 더욱 넓었다. 북한이 가까워질수록 세관이 보였고 세관 앞에 나온 보위부 사람들이 줄을 서서 있었다. 이렇게 두 번이나 북송을 하게 되었다.

## 5. 지옥의 아사자들

 18세 때에 북송될 때 본 북한이나
19세 때 북송될 때 본 북한이나 하나도 달라진 것은 없었다.
김일성 장군 만세
김정일 동지 만세
플랜카드를 보면서 내 조국 내 고향인걸 실감했다.
우리가 도착한 곳은 신의주였는데 보위부 조사가 굉장히 엄했다. 고양이 앞에 쥐 신세였다.
성병 검사로(에이즈) 채혈도 하고 이러저러한 내용들을 심문하였다. 혹시나 돈이 있는지 돈이 있으면 무조건 빼앗았다. 출산한 언니는 병원에서 준 약과 삶은 달걀마저도 몽땅 빼앗겼다.

깐깐한 검사를 다 마친 우리는 감방으로 들어갔다. 여기에서는 항상 무릎을 꿇고 앉아야 했다. 낮에는 손을 무릎 위에 올려놔야 했고, 주먹 손을 펴서도 안 되었으며 머리를 숙인 채 옆 사람과 이야기를 해도 안 되었다. 화장실에 가고 싶을 때도 허락을 받아야 했다.
"선생님 1호실 지현아 화장실 갈 수 있습니까?"
허락을 받아야 볼일을 볼 수 있고 허락하지 않으면 참아야 했다. 철저히 검사하고도 또 돈을 빼앗으려고 여성 보위부 직원들이 책상 위에 처녀건 임산부건 무조건 눕혀놓고 자궁을 벌려 들여다보면서 긴 막대기로 자궁을 들쑤셨다.
돈이 안 나오면 발가벗겨 나체로 손은 머리에 올리고 일어났다 앉았다를 반복하는 펌프질을 시키고 한 다음에는 뛰게 하였다. 자궁 속에서 돈이 나오나 유심히 바라보았다.

처녀인 나도 예외가 아니었다. 실오라기 하나 걸치지 못하게 한 후 책상에 누우라고 했다. 남자 보위부 직원도 있어 창피하여 주춤거렸더니 소리를 지르며 빨리 올라가 누우라고 했다.
하는 수 없이 올라가 누웠다. 눕자마자 인정사정없이 달려들어 자궁 속을 들여다 보며 나무 꼬챙이로 쑤셔대는데 너무너무 아팠다. 저절로 비명소리를 내니 "야 이년아! 뭘 잘했다고 아프다고 해. 조용히 못 해!"
나는 아파도 참아야 했다. 나는 결혼도 하지 않은 터러 그런 조사에 너무나 민감했다. 참을 수 없이 아프고 수치스러웠지만, 통증을 온몸으로 휘감으니 그 고통은 말로 다 할 수 없었다.

가해지는 처벌은 너무나 가혹하고 무서웠다.
진술서를 바로 쓰지 않았다고 구둣발에 채여야 했으며 묻는 말에 제대로 답변하지 않는다고 두꺼운 나무로 머리며 어깨를 사정없이 내리쳤다. 머리가 쪼개지는 것 같았다. 손에 아트를 한 여자는 손을 책상 위에 올리게 하고 나무 몽둥이로 손을 찌그러트리게 때렸다. 머리에 물감을 드린 여자는 머리채를 휘어잡고 잡아당겨 머리카락이 빠지게 하였다.
감방은 그야말로 생체실험과 같은 생지옥이었다.
조사받으러 갔다 오는 사람마다 매 맞아 상처투성이었고 지옥도 이런 생지옥이 없었다.

감방 안에는 감시카메라가 설치되어 있어 그 카메라를 통해 일거수 일동작을 살폈다. 심지어 생리대도 주지 않아 속옷으로 대신하고 사용 후 세탁하여 썼는데 나는 영양실조로 생리가 끊겨서 다행이었다.
감방 안에는 물도 없었다.
큰 세숫대야에 물을 받아 20명이 돌아가며 세수해야 했다. 밥은 통 옥수수를 삶아주는데 세어보니 모두 30알이었다. 한 끼에 서른 알씩 하루에 두 끼만 주었다. 생지옥이 따로 없었다.

29세 언니에게는 심문받을 때 중국에서 남자랑 어떻게 자고 또 어떻게 샤워했는지 물어보면서 어떤 애무를 어떻게 했는지를 자세히 말하라고 했다는데 머뭇거리면 매질을 했다고 했다. 들어보니 어이가 없고 웃음이 나서 키득거리며 웃으니 "야 이게 무슨 소리야? 누가 웃어?" 하며 소리쳤다.

코 큰 언니는 보위부 직원이 들어왔는데도 여전히 웃어 제정신이 아닌 것 같았다. 그 언니의 머리를 마구 내리치며 때리니 피가 흐르는데도 계속 웃어댔다.
"이 간나 미쳤구만! 야 너 죽어라 죽어."
이젠 구둣발로 언니의 배를 걷어차기 시작했다. 언니는 피를 토해내면서도 계속 웃어댔다. 보위부 직원은 누가 이기나 해보자는 식으로 군홧발을 언니의 가슴, 배, 얼굴에 가리지 않고 사정없이 짓밟았다. 그러기를 10분 후 언니는 끝내 정신을 잃고 쓰러지고 말았다.
"야 이 쌍 간나들아! 너희들도 정신 차려. 여기가 어딘 줄 알고 마음껏 웃고 떠들어? 너희들 저 간나 때문에 펌프질 100번씩 해야겠다. 한 사람 잘못하면 감방 안 전체가 벌을 받는다."
반장이 선생님 산후조리를 못 한 언니 좀 봐주세요. 하고 말하니

"야 이 간나야 중국 종자 배 안에 걷어 넣고 와서는 무슨 사정을 봐 달라고 해. 안돼. 그런 년은 더 시켜야 해. 들었어?"
우리 모두는 결국 힘겹게 벌을 받았다.

또 심문이 시작되었다.
두려움이 가득한 나는 온몸을 파르르 떨었다.
"넌 중국에 왜 갔어? 몸뚱이 팔러 갔어?"
"아닙니다. 쌀이 없어 쌀 좀 구할까 하고 갔다가 공안에게 붙잡히고 말았습니다."
"기래? 그럼 남자하고 한 번도 자보지 못했겠네."
"네"
그의 엄청난 질문에 놀란 나는 말문이 막혔다.
"야 이년아 너 중국 가서 남자하고 안 잤다는 게 말이 돼? 이년 정신이 들도록 맞아봐야 알겠어?"
"아닙니다. 전 거짓말 하지 않습니다. 저는 지금까지 남자를 모릅니다."
"너 아무래도 안 되겠어. 맞아야지"
보위부 지도원은 막대기로 내 머리를 내리쳤다.
순간 눈에 불빛이 튀었고 나는 바닥에 쓰러졌다.
"야 너 아직도 바른대로 말 못 해. 너 바른대로 말 안 하면 죽을 줄 알아 알아들었어?"
막대기로 온몸을 사정없이 매질하였다.

"네 저는 시집도 안 갔습니다. 정말입니다."
"아직도 거짓말할래? 말해 봐."
"전 정말 남자를 모릅니다. 믿어주세요."
고된 고문을 받고서야 심문이 끝났다. 녹초가 되어 방에 들어오자 잡혀 온 탈북녀들은 방안 가득 채워져 있었다.

일주일을 보낸 이곳에서 신의주 집결소로 갔다.
집결소란 북송되어 온 사람들을 각 도에서 데리러 올 때까지 수감해 두는 곳이었다.
신의주 집결소에도 한 방에 20명씩 배치되었다. 아이에서 어른까지 온몸에 피부병으로 상처투성이었다. 벼룩이 극성을 부려 살 수가 없었다.
나도 벼룩 떼들 때문에 밤잠을 잘 수가 없었다.
불을 땐 적이 없는 방바닥에는 습기가 차서 벼룩이 번식하는데 최적합 지대였다.
중국에서 입고 온 옷을 벗어주고 음식과 바꿔서들 먹었다.
나는 중국서 청바지를 입고 와서 몇십 원은 보위부에다 빼앗기고 40원을 옷 섶에 넣고 있었지만, 그마저도 남의 것이 되고 청바지마저도 안전원에게 매 맞고 빼앗겼다.

북한은 여자라면 치마만 입게 하였다.
여자에게 치마가 어울린다는 김정일 한마디에 정책으로 이루어진 것이다. 청바지는 자본주의 냄새가 난다 하여 금지시켰다.
중국에서 꽤 괜찮은 옷과 시계는 여러 사람이 눈독을 들여 결국은 다 빼앗기고 점심마저 못 먹으니 현기증이 나고 눈앞이 노랗게 보이기도 하고 귀도 들리지 않았다. 사람은 먹는 대로 된다고 하는데 못 먹으니 몸이 무너지고 바스러져 갔다.

어느 날 노동에 동원되어 일하고 있는데 함경북도에서 데리러 와서 너무 좋았다. 하루빨리 이곳에서 벗어나고 싶었는데 잘된 일이었다. 짐을 챙겨 신의주를 떠나 함경북도로 향하는 기차에 몸을 실었다.
열차 안은 복잡했다. 지붕에 올라탄 사람들도 많았다. 함께 가는 사람은 50명 정도였는데 여자가 더 많았다. 안전원은 우리가 탈출할까 봐 남녀를 한 쌍씩 묶어 수갑을 채우려 했다. 나는 30대 남자의 한쪽 손목에 수갑이 채워졌다. 그 남자는 탈출할 생각을 하는 것 같아 나는 가슴이 두근거렸다. 내 간은 콩알만 해서 도망칠 생각은 아예 할 수가 없었다.
남자와 여자를 한 손에 묶어놓은 이유를 이제야 알게 되었다.

여자는 간이 적어 도망갈 생각을 안 하는데 남자는 틈만 나면 도망가려고 하기므로 남녀를 함께 수갑 채운 것이다.

'너희들 이제 김정일 장군님의 관대한 용서를 받고 집에 가게 되었는데 여기서 도망칠 생각은 하지 말라. 그러면 너희들 손해다.' 안전원이 경고했다.
정말일까? 거짓말은 아닐까? 일단 믿기로 하자. 내가 무사히 집으로 가려면 옆에 남자가 절대로 도망치면 안 되었다. 그가 도망하지 말기를 간절히 마음속으로 기도했다.
피곤함이 밀려와 눈을 감았는데 손목을 잡아 눈을 떴다. 내 짝이었다. 그는 슬픈 눈으로 나를 바라보았다. 그가 말하지 않아도 그의 마음을 알 것 같았다.
이러면 안 되는데!
나는 머리를 설레설레 저었다.
"안돼요. 절대 그러지 말아요."

기차가 출발했다. 그도 내 손을 계속 잡고 있었다. 언제든 도망칠 준비가 되어있는 사람처럼 말이다. 나는 다른 사람들은 어떤가 보고 있었다. 안전원 3명은 카드놀이를 하고 있고 다른 사람들은 모두 잠이들었다. 창문은 모두 깨져 도망치기 매우 좋은 상황이었다.

그러나 자신이 없었다. 그러다가는 동생을 영영 못 보면 어쩌나 싶어서였다.
아저씨가 나에게 말했다.
"나는 중국에 가족이 있어. 산에서 일하다 잡혀 와서 난 도망가야 해. 이 사람들이 용서해 준다는 말은 다 거짓말이야. 임무를 수행하기 위한 수단에 말려들지 말고 얼른 도망쳐야 해."
"안 돼요. 난 동생이 있어요. 이젠 동생과 함께 잇고 싶어요."
나와 그 아저씨는 생각이 너무도 달랐다. 이 난관을 어찌해야 하나! 내 심장이 너무도 빨리 뛰었다.
"아저씨 동생이 꽃제비 생활을 하고 있어요. 내가 아니면 동생은 죽어요. 그러니 아저씨는 기차에서 내린 후 그때 도망쳐도 되잖아요?"
"그래 알았다."
"고마워요. 잊지 않을게요."
"너도 속아서 중국에 갔다가 잡혀 온 거니? 다들 그런던데…"
그러면서 나를 불쌍하게 쳐다보았다.
왜들 이렇게 굶고 살아야 하는지 도무지 이해가 가지 않았다.

어느 기차역에 기차가 멈추었다. 두부밥과 빵, 냉면, 돼

지국밥 등이 보였다. 두달 가까이 강냉이로 두끼만 먹고 살아온 사람들의 눈길을 사로잡았다.
"자 들어라. 우리는 너희들을 데리러만 왔지 식사까지는 책임지지 못한다. 중국에서 입고 온 옷이나 물건들과 바꿔 먹던지, 돈 있으면 사 먹던지 알아서 해결해라."
안전원이 우리의 속을 들여다본 듯이 말하였다.
차 밖에서는 우리가 입고 온 옷을 사겠다고 난리였다. 돈이 생기자 음식이 차 안으로 들어오고 옷이 나가고 하였다. 수갑을 찬 채 자신의 옷을 벗는 풍경이 벌어졌다. 나와 아저씨는 아무것도 없어서 구경만 하며 바라보았다.
여기서도 도망가다가 잡혀 온 여자는 같이 수갑 찬 남자와 무수하게 맞아 여기저기 꼴이 아니었다. 이번 일로 도망가려다 사람들은 기회를 놓치고 말았다.

간이역에 도착하였다.(평양시 형제산 구역에서 평의선과 평가선이 갈리는 철도역이다.)
갈아타는 곳이 3개나 있어 여기서 기차가 연착되면 굶어죽는 사람이 많다고 한다.
나는 여기서 꼬박 하루를 기다려야만 했다.
이때 그동안 북한에 대해 몰랐던 실정을 다시 알게 되었다. 여기에서 만난 아이들은 모두가 못 먹어서 열두 살짜리가 여섯 살처럼 작았다.
"너 몇 살이니?"
"열두 살이요."
"왜 이리 작으니?"
"못 먹어서요."
동생 생각이 나서 참았던 울음이 터져 나왔다.
이 아이는 힘이 없어 입도 겨우 열어 버텨내었다. 머리는 언제 감았는지 더러웠고 영양실조로 다 빠져서 마치 싸리나무 빗자루같이 엉성하였다. 여자아이는 너무 말라 사내아이인지 구분이 안 되었고 여기에 아이들은 모두가 삐쩍 말라 그 아이가 그 아이같이 똑같아 보였다.

어쩌다가 이 몹쓸 세상을 만나 철없는 아이들까지 모진 수난을 겪게 되나 하는 생각에 가슴이 무너졌다.
우리는 언제나 천국과 같은 좋은 세상에서 살아볼까!
들리는 소문에는 남한에는 모든 물자가 풍요로워 걸핏하면 내버려 쓰레기가 많다는데 어째서 북한은 먹을 것도 없고 입을 것도 없는 걸까!
그 아이는 꽃제비였다.
꽃제비란? 북한에서 거주지 없이 먹을 것을 찾아 떠돌아다니는 가난한 북한 주민을 지칭하는 말이다. 한국으로 치면 거지나 노숙자와 같다.
신발은 팔아서 없고 양말도 없었다. 옷도 몇 달을 안

빨았는지 누더기가 된 옷을 걸치고 다녀 몸에서는 악취가 났으며 온몸에 이와 벼룩이 들끓었다.
그래서 꽃제비로 병든 아이들이 중국으로 수출되면 쓰레기 처리장에서 음식을 주워 먹어 몸이 나아진다니 눈물겨운 이야기이다.

나는 꽃제비에게 내 밥그릇을 주었더니 조금 먹더니 먹질 못하였다.
"왜 더 먹지 않고?"
"더는 못 먹겠어요."
"다 먹어도 모자랄 텐데."
옆에 있던 꽃제비가 대신 말했다.
"제는 보름째 아무것도 못 먹었어요. 왜 사람이 죽으려면 밥을 못 먹잖아요. 제도 얼마 못 살고 죽을 것 같아요."
얼마 지나지 않아 천국으로 갈 아이를 보니 울적한 마음이 들며 지금 내 앞에 동생같은 아이가 얼마 안 가 심장이 멎는다는 생각에 가슴이 미어졌다.
신은 무엇하시는지? 하나님도 뭘 하고 계시는지? 너무나 알고 싶었다. 저 아이를 위해서 무엇이라도 해달라고 갈구하고 싶었다. 이런 아이를 보고나니 그동안 내가 살았던 것은 몇 배나 나은 편인가! 여기서 굶어 죽는 아사자가 훨씬 많다는 것을 느꼈다.

안전원은 다시 수갑을 채우러 다녔다.
아까 그 아저씨와 또 짝꿍이 되어 수갑을 찼다. 아저씨가 입을 열었다.
"내 동생도 저렇게 살다가 굶어 죽었지. 그래서 화가 나서 내 가족을 데리고 중국으로 갔던 거야." 군대 가서 돌아오니까 스물한 살이었던 동생이 굶어 죽었더라면서 참았던 눈물을 흘렸다.

간리역에 도착하니 가마니를 이불삼아 덮고 누워 쭉 늘어져 있는 사람이 많았다. 차가 연착되어 추위를 가리려고 가마니를 덮고 잔다고 생각했는데 그게 아니었다. 저건 산 사람이 아니라 다 죽은 사람들이었다. 나는 굶어 죽는 사람이 이렇게 많은 것을 보고 몹시 놀랐다. 한마디로 충격이었다.
김정일 시대는 2백만 명이었고, 김정은 시대는 2천만 명이 죽었다는 말이 있다. 그리고 그 이외에도 매년 2만 명 이상의 아사자가 나오며 1999년에는 30만 명~60만 명의 굶어 죽었다. 만약 북한에 아사자가 없었다면 인구는 현재 남한 인구와 맞먹을 것이다.
식량이 없어 아사자가 아프리카 인구와 비슷해 유엔 식량 기구에서 아무리 지원을 해줘도 부족할 정도이다. 각 나라에서 인도적 차원의 식량 지원이 없었다면 더 급증했을 것이다.

## 6. 때려서 낙태시키다.

 길주역에 탈북자 20명과 안전요원 5명이 도착하니 밤이 되었다.
중국 옷을 팔아 안전요원을 대접하니 모두 술에 취해 있었고 우리는 그덕에 수갑을 차지 않았다. 그런데도 우리는 달아나지 않았다.
어쩌자고 길주 단련대까지 가는 동안 달아나지 않는 것일까? 함경북도 집결소까지 가면 용서해 주겠다는 말을 은연중에 믿었기 때문이다.

길주 단련대에서는 돌을 나르는 작업을 하였다.
그런데 같은 죄수 중에서 반장을 하나 뽑았는데 같은 죄수인 반장이 더 악질이었다. 달리면서 나르라고 호통치기도 하고 밥을 2분 이내로 안 먹으면 나머지는 버리기도 하였다.
나는 나무 뿌리에 걸려 신발이 벗겨졌는데 그 찰나에 '획' 하는 싸늘한 소리와 함께 육중한 무언가가 살을 찢는 기분이 들었다.
나를 후려친 것은 다름 아닌 반장의 가죽 채찍이었다. 그렇게 해서 난생 처음으로 등짝에 채찍을 맞았다. 나는 죽고 싶었다. 더는 살고 싶지 않았다. 견디기가 너무 힘들었고 쨍쨍 내리쬐는 여름 햇빛에 갈증이 나도 물 한 모금 먹을 수 없어 기막힐 노릇이었다.
저녁에는 김일성 김정일의 말씀이라고 목이 쉬도록 큰 소리로 따라 해야 했다. 하루종일 밖에서 일에 지쳤는데 쥐꼬리만큼 밥 먹고 목소리를 높여 지르고 나면 몸은 녹초가 되고 말았다.
일주일 있는 동안 매일 울었다. 초인적인 힘이 어떻게 발휘되나 싶어 그때 생각하면 몸서리가 쳐진다.

우리는 길주 단련대를 떠나 함경북도 집결소(청진 집결소)에 도착했다.
3층으로 된 집결소는 보기만 해도 으스스한 게 소름이 끼쳤다. 그야말로 감옥으로 스산했다.
"야 모두 두 줄로 서라."
식당같은 곳에서 두 줄로 섰고 가방을 든 남자가 오더니 의자에 걸터앉았다.
"잘 들어라. 조국을 배반하고 달아난 중국이 아니고 집결소다. 규정에 의해 모든 일정을 진행한다. 지금부터 식당 안에 들어가 바지를 벗어야 한다."

바지를 또 벗으란 말에 깜짝 놀랐다.
먼저 들어간 사람들이 남자 앞에서 바지를 벗지 못하고 어쩔 줄 몰라 했다.
"야 빨리 벗어. 누가 그 잘난 보지를 보겠다는 거냐. 이 개 간나야 빨리 벗지 못하겠니? 이런 썩어질 간나 빨리 벗어."
"네 흑흑.."
남녀 할 것 없이 바지를 벗고 엉덩이를 밖으로 향한 채 벽에 기대어 서 있었고 자기 차례인지 20대로 보이는 언니가 바지를 벗었다. 꼭 감은 눈에서 눈물이 흘렀다. 여자들은 바지를 벗기가 무섭게 수치스러워 두손으로 얼굴을 감싸 쥐었다.

"야 똑바로 벌려. 아 냄새나서 원... 야 이 개 간나야. 너 여기 씻지 않고 다녀? 에잇 더러워서..."
다른 여자들과 똑같이 바지를 벗고 벽에 붙어있던 나는 슬그머니 뒤를 돌아보았다. 여자가 자신의 두 손으로 성기를 벌리면 검사자가 밑에서 성기를 자세히 올려다 보고 이상이 없으면 '다음' 하고 통과시켰다.
같은 여자끼리라면 몰라도 남녀가 한데 뒤섞인 식당에서 몇십 명씩 같이 들어와 벌거벗은 채 남자 검사자에게 보여준다는 게 기막힐 노릇이었다.
한심한 짓은 또 있었다.

막대기로 여자의 성기를 마구 들쑤셔놓고 아프냐고 물어보고 조금이라도 이상이 있다 싶으면 욕설을 퍼붓고 한쪽에 따로 세워놓았다.

어느덧 내 차례였다.
나는 창피해서 벗은 바지를 다리에 반쪽 걸친 채 바지 옆 섶을 계속 쥐고 어쩔 줄 몰라 했다.
"야 너 중국에서 남자 몇 명하고 했어? 바른대로 말해. 이렇게 어리면 가만두지 않았을 텐데?"
"아닙니다. 그런 적이 없어요."
"개 간나 벌리기나 해"
가까스로 하라는 대로 하자 그 남자는 안경을 고쳐 쓰면서 막대기로 성기를 이리저리 휘저어 가면서 검사했다.
"통과. 다음"
휴 수치스럽기는 했지만 나는 그렇게 통과되었다. 언니들이 성병 검사 하는 것이라며 수근거렸다. 남자가 이상이 있는 여자들만 데리고 나갔다.

우리는 또 검사를 받았다.
이번에는 돈 검사였다. 신의주에서 이미 검사를 받은 터라 돈들이 없는 것을 알 텐데도 또 검사를 했다.
실오라기 하나 걸치지 않고 홀딱 벗어야 했다.

검사자는 같은 죄수인 남자 반장이었다. 한명 한명 옷을 벗어 식탁 위에 놓았다. 한 사람씩 책상 위에 누우라고 하더니 두 사람의 검사자가 자궁에 돈을 숨겼는지를 확인하는데 그야말로 고통이었다. 벌리고 있는 힘을 다 주라고 하더니 이번에는 숟가락을 들이밀고는 파헤쳤다.
모두들 아파서 아 악 하고 소리쳤다.
"조용히 해. 이 간나야."
안전원보다 같은 죄수가 더 무서웠다.

검사가 끝나고 한 방에 20명씩 나는 3호실에 배치되었다. 북한이 흑인 노예나 아프리카 아사자만도 못한 사실을 폭로한 이 책을 제일 먼저 읽어야 할 사람은 김정은과 그의 여동생 김여정이다. 북한 여성의 인권을 짓밟는 이런 상황을 알게 되고도 시정되지 않는다면 나라가 아니다.

3호실 반장은 여자인데 사람이 좋아 보였다.
비가 오는 날에는 둘러앉아서 자신에 대한 이런저런 이야기를 주고받았다. 그들의 이야기를 들으면 들을수록 눈물만 났다. 절이 엄마라는 사람은 남편이고 자식들은 다 굶어 죽고 세 살 된 아들과 부엌 찬장을 판 돈으로 쌀밥에 쥐약을 섞어 자살하려고 했단다. 그러나 초롱초

롱한 눈으로 자신을 쳐다보는 아들 때문에 살아야겠다는 의욕이 생겨 중국으로 들어갔다. 두만강 센 물에 그만 세 살짜리 딸이 떠내려가 버렸다. 가슴을 치며 통곡하던 아줌마도 있었다. 매일매일 한 명씩 사연을 들으니 눈물이 마를 사이가 없었다.

그곳에서는 5시에 기상 6시까지 아침 일을 했다. 그러다가 들어와서 아침을 먹고 트럭이 오면 모두가 올라타고 건설 현장에 동원되어 일을 했다.
일하는 작업장에는 임산부들이 몇 명 있었다.
이들은 중국에서 조선족이나 중국 남자와 살다가 임신한 채로 붙잡혀 들어왔다. 임신한 여자들은 무조건 태아를 없애야 했다. 이곳에 낙태는 일상이었고 아주 손쉬웠다. 호사스럽게 병원에 가서 낙태하는 수술이란 전혀 없었다.
작업 현장에서 심하게 일을 한다거나 매맞는 과정에서 자연스럽게 낙태가 된다.

집결소 선생은 중국 종자를 배에 넣고 왔다고 남보다 몇 곱절 더 일을 시켰다.
그랬더니 작업장에서 숙소에 들어서자마자 눕더니 일어나지 못했다. 곧이어 신음소리를 내며 배를 움켜쥐었다. 할머니가 애를 낳으려고 한다며 팔을 걷어붙이면서 큰 대야에 물 떠 오라고 시켰다.
이를 악 물은 임산부는 계속 신음소리를 내었고 할머니는 손부터 씻었다.
"힘을 줘. 아니면 산모가 더 위험해." 할머니는 힘을 주고 있는 산모의 아랫배를 연신 쓸어내렸다.
"아기 머리가 보인다. 조금만 더 조금만 더 힘내라."
드디어 머리가 보이고 잠시 후 응애 하는 아기 울음소리가 들렸다. 엄마 옷에 감싼 아기는 엄마 옆에 눕혀놓았다.

눈도 안 뜬 아기가 엄마 젖을 어찌 알고 먹는지 신기했다. 나는 사람이 저렇게 태어나는 것을 처음 보았다. 복도에서 군홧발 소리가 들리더니 방으로 들어와 임산부 쪽으로 와 소리쳤다.
"야 간나야. 똥떼놈의 종자를 안고 지금 뭐 하는 거야?"
선생은 물 떠왔던 큰 대야에 아기를 넣으라고 소리쳤다. 산모는 무릎을 꿇고 용서해달라고 싹싹 빌었다.
"이 간나야. 말 안 들어? 여기에 넣어."
아기를 물 있는 대야에 엎어놓으라고 했다. 순간 다들 놀랐다. 아기를 낳을 때 사용한 물에 아기의 얼굴이 잠겼다. 공기 방울이 올라오더니 아기의 울음소리가 딱 그치고 조용해졌다.

나는 눈을 감았다.
내 앞에 벌어진 일이 꿈만 같았다.
어찌 인간이 이렇게 악독할 수 있을까!
"똥떼놈의 종자를 몸에 밴 간나들은 다 이렇게 될 줄 알아라."
으름장을 놓은 선생은 아기를 갖다 버리라고 소리치고는 휙하니 나가버렸다.
아기 엄마는 통곡했다. 잠깐 세상에 왔다가 순식간에 숨을 거둔 아기를 보며 다들 할 말을 잃었다. 할머니는 아기를 안고 밖으로 나갔다. 이들은 사람이 아니라 악마가 맞았다.
할머니는 돌아와서 가슴을 쥐어뜯으며 소리쳤다.
"무슨 놈의 세상이 이렇다냐 천벌 받는다. 천벌 받아."
임산부들 몇 명은 두려움에 몸을 파르르 떨었고 자신들에게 돌아올 일이라 남 일 같지 않은 것이다.

먹지 못하고 고된 노동에 엎친 데 덮친 격으로 전염병(장티푸스)이 돌았다.
이로 인해 사람들이 숱하게 죽어 나갔다.
흔한 장염은 살모넬라균으로 감염되어 발열과 복통 그리고 구토와 설사가 동반적으로 일어난다. 음식이나 소변으로 전염되어 심하면 대소변을 못 가릴 정도로 심하게 쏟아낸다.

나도 열병에 전염되었는데 선생이 복도로 데리고 나가더니 하늘과 땅이 맞붙어 돌고 배고픔도 모르고 추위에 심하게 떨어야 했던 나에게 머리에 손을 얹고 앉았다 섰다를 100번 시켰다. 온몸이 쑤시고 다리가 풀려서 혼이 쏙 빠졌다. 이게 건강 펌프라면서 시키니 결국 정신을 잃고 쓰러졌다.
그대로 죽게 되면 가마니에 덮여 어디론가 보내진다. 매일 수많은 사람이 깨어나지 못하고 죽어 나갔다.

나는 반장 언니의 도움으로 깨어났다.
그런데도 중국에서 탈북자들은 여전히 잡혀 오고 있었다.
지금 자유의 품인 우리나라로 온 탈북자들이 3만 명이 훨씬 넘지만, 탈북하다 북송되는 숫자는 훨씬 더 많다. 잡혀 오면 무조건 아랫도리를 홀딱 벗겨서 막대기로 검사부터 하는데 어린 소녀들은 너무 아파서 울었다. 아이 부모들은 굶어 죽고 자신들은 배고프고 갈 곳이 없어서 중국으로 넘어갔다고 했다.

노역은 어린아이들이나 임산부 그리고 노인에게 모두 똑같이 시켰다. 그러다 죽으면 죽는 대로 놔두고 일을 계속했다. 죽은 숫자만큼 사람들이 들어와 채워졌다.
하루는 선생이 없는 틈을 타 창고에 잇던 설탕 푸대에

구멍을 내서 실컷 먹었다. 다음에 일어날 일은 뒷전이었다. 얼마나 굶주렸는지 마구 먹었는데 그보다 맛있는 것은 이 세상에 없는 듯했다. 옷소매에 묶어서 호실로 와서 다른 사람들에게 나누어 주었다.

비가 오는 날은 횡재하는 날이다.
점심을 주지 않아도 그래도 좋았다. 모두들 계속 비가 왔으면 하는 바람이었다.
그날도 비가 내렸다. 철창 밖으로 빗소리가 들렸다. 주룩주룩 흐르는 비가 마음마저 구슬프게 만들었다. 내 신세가 그날따라 더 처량하게 느껴졌다.
비 오는 날에는 한 사람씩 사연을 듣는 날이다.
"반장은 어떻게 여기 오게 되셨수?"
"저는 사연이 많답니다. 휴-"
할머니 질문에 한숨을 쉬며 창살 밖을 내다보더니 자신의 과거를 이야기하기 시작했다.

부모는 병으로 죽고 남편마저 굶어 죽었다. 남은 사람 7살, 5살 아이들과 살자니 식량이 턱없이 부족했다. 거기에 남동생까지 있으니 너무나 힘들어 중국에서 며칠 일하고 쌀을 갖고 올 생각에 중국으로 향했다. 도착한 곳은 홀아비 집이었다. 강을 건너느라 옷은 다 젖고 공안에게 걸릴까 봐 불안하여 나오려니 홀아비가 잡으면서 말했다.
"어딜 가나? 여기에 그냥 있지. 나가면 공안들이 쫘악 깔려있는데…"
결국 그다음 날로 산동성에 팔려가고 말았다.
그곳에서 탈출하여 심양으로 가서 마음 좋은 한국 사장을 만나 옷가게에서 일하게 되었다. 그동안 북한에 속아 살았다는 사실을 깨닫고는 너무나 억울하고 분하여 인생이 허망하였다.

TV를 보면서 남한의 상황을 알게 되었고 자유가 뭔지도 깨달았다. 그래서 아들딸과 남동생을 데리고 남한으로 가려고 했다. 집으로 사람을 보내니 아이들은 굶어 죽은 뒤였고 동생은 중국으로 오지 않겠다고 했다. 나는 남동생을 데리러 직접 북한으로 들어갔더니 거미줄만 가득한 스산한 집에 혼자 누워 있었다. 동생에게 심정을 털어놓으며 중국에 가서 인간답게 살자고 설득했다.

동생이 그러겠다고 하여 캄캄한 밤에 두만강으로 갔다. 장마 때문에 물이 불어나 물살이 거셌다. 동생의 손을 잡고 두만강에 뛰어들었다. 그런데 얼마 못 가서 동생이 물살에 겁을 먹더니 손을 놓게 되었고 그대로 떠내려가고 말았다.

그렇게 혼자가 되었다.
심양으로 와서는 한국에 가기 위해 준비하던 중 공안에 붙잡혀 북송되었다. 굶주림 때문에 이런 고난을 겪다니...하면서 하염없이 울었다.
사연을 듣던 사람들은 창밖에 내리는 비처럼 쓸쓸했다. 그때 내가 사는 군에서 데리러 왔다며 나갈 준비를 하라고 선생이 찾아와 말을 했다. 드디어 이 지긋지긋한 집결소를 나가게 된 것이다. 같이 지내던 사람들은 나를 보고 부러워하고 나는 그분들이 너무 안쓰러웠다.

안전원 2명과 탈북자는 나까지 3명이었다.
청진 집결소에서 군까지 200리 길을 걸어야 했다.
열병이 완치되지 않아 너무 힘들었다.
숨이 차 죽을 것만 같았다. 정신을 잃을 것 같아 이를 악물었다.
여기까지 와서 이대로 죽으면 헤어진 가족은 영영 못 보게 될 것이 아닌가!
이틀 동안 꼬박 걸어서 밤중에 도착하였다. 들어가자마자 쓰러져 잠이 들었는데 다들 일어나 소리치는 바람에 잠에서 깼다.
아침이었다.
다들 줄지어 변소에 가서 볼일을 보고 나면 우물가에 가서 씻었다. 다리가 후들후들 떨리고 몸이 휘청거렸다.

가까스로 중심을 잡고 줄지어서 뒤따라 걸었다.

그때였다.
줄 가운데 앞에 서 있는 여자의 뒷모습이 왠지 낯이 익었다.
몸이 허하니 헛것을 본 것이 분명했다. 꼭 어머니의 뒷모습 같았다. 난 지금 제정신이 아닌걸 하며 고개를 저었다.
그대로 그냥 걸어서 한 명씩 화장실에 들어갔다가 나왔다. 나는 내 순번을 기다리느라 서 있었다. 아침 햇살에 눈을 지그시 감고 아무 생각도 하지 않았다. 나의 순번이 된 듯하여 화장실로 눈길을 돌리는 순간 심장이 멎는 것 같았다.

화장실에서 나오는 여인이 어머니와 너무 닮아서였다.
잘못 본 게 아닐까 싶어 눈을 비비고 다시 보았다.
"엄마 --"
나도 모륵 탄성을 지르듯 소리가 터져 나왔다.
엄마에 대한 그리움이 더했다.
"아 - 순자야 - 나야"
귀에 익은 목소리가 내 이름을 불렀다. 누군가 나를 와락 안았다. 엄마였다. 순간 몸이 나른해지고 눈물이 쏟아져 나왔다.

오랜만에 맡아보는 엄마 냄새에 체온이 따뜻했다. 이대로 자고 나면 열병도 사라질 것만 같았다.

북한 지도

## 7. 엄마를 만나다.

 엄마!
그 얼마나 불러보고 싶었던 그리움인가!
우리 모녀는 부둥켜 안고 한참을 울었다.
엄마와 나는 온종일 이야기를 나눴다. 그동안 하고 싶어도 하지 못한 이야기를...
"순철이는 어쩌고 너 혼자 있는 거니?"
선 듯 말문이 열리지 않았다. 어떻게 말해야 할지 망설임 끝에 이야기했다. 내 이야기를 들으면서 엄마는 마르지 않는 수도꼭지 물처럼 눈물이 흘러내렸다.

"어머니 그때 왜 안 오셨어요? 동생 순영이는 어디 가고 엄마 혼자예요?"
며칠 있다 오겠다며 쌀 가지러 여동생과 함께 중국으로 떠날 때의 이야기를 엄마에게 물었다. 눈물을 흘리며 엄마가 입을 열었다.
어머니와 순영이는 식량을 가져오려고 두만강을 건넜

다.
국경 경비대에게 잡힐까 봐 두려움에 떨며 풀숲에 엎드려 동정을 살피는데 알던 집으로 가려는 순간 풀숲에서 불쑥 사람들이 나타났다.
"순순히 따르면 살려주겠으니 차에 타라" 어떤 사람들인지 도무지 몰랐다. 장정들이라 몸이 오싹했다.

몇 시간 동안 달리더니 어느 아파트로 들어갔고 그곳에 여자들이 많았다.
"같이들 잘 지내오."
집주인 듯한 사람이 입을 열었다가 문을 쾅 닫고 나가 밖에서 문을 잠궜다.
먼저 온 여자들에게 인신매매꾼이라는 소리를 듣고 엄마와 순영이는 소스라치게 놀랐다.
순영이에게 새 옷을 사주더니 어디로 데리고 가고 말았다.
아뿔사 순영이는 그대로 팔려가는 것이었다.
엄마는 순영이를 와락 안았다.
"엄마!"
순영이도 엄마와 함께 간다고 인신매매꾼에게 매달렸지만 그들은 동생의 말을 듣지 않았다.
엄마가 네 주소를 알아 내어 너에게 찾아갈 때까지 기다려 알았지?

어디론가 팔려가는 딸을 보고도 아무런 대책이 없었던 엄마의 마음은 찢어질 것만 같았다.

며칠 후 엄마도 팔려 나갔다.
엄마는 순영이를 데려간 사람에게 주소나 전화번호를 알려달라고 하자 모래알처럼 많은 사람을 어떻게 일일이 기억하냐며 모른다고 하여 순영이와 생이별을 하게 되었다.
무슨 놈의 세상이 사람을 개돼지 팔 듯이 사고파는지 한숨이 나왔다. 이 험악한 세상에 설 자리가 없었다. 하늘이 무심하여 하늘을 보고 한없이 원망하였다. 이젠 눈물도 말랐다.

무더운 여름이었다.
이곳에 온 지도 두 달이 됐다.
불행 중 다행으로 두 달 동안 엄마와 함께 있었다. 지난 이야기도 많이 했지만 앞으로는 함께 있을 것을 다짐했다. 엄마는 씻지 못한 내 몸에 묵은 때를 벗겨주었다. 내 마음의 묵은 때도 한 꺼풀 벗겨진 것 같았다.

그러던 어느 날 엄마가 설사를 하기 시작했다.
옥수수 방에서 항상 썩은 냄새가 났다. 짐승도 먹지 못할 썩은 옥수수를 먹으니 탈이 안 날 수 없다. 급히 안전원에게 연락하여 병원에 갔지만 약이 있을 리가 만무하였다.
일주일을 그대로 설사하니 엄마의 몸이 쇠약해졌다.
날씨는 점점 더 더워져 감방 안은 견디기 어려울 정도였다.
한 명씩 호출을 하더니 중산 교양소(감옥)로 엄마와 내가 판결을 받자 두 명의 안전원에게 이끌려 후송 열차를 탔다. 엄마와 나는 서로 의지하며 중산역에서 내려 교양소까지 꼬박 하루를 걸었다.

사무실에서 한 명씩 또 조사를 받았다.
창문 밖에는 회색 죄수복을 입은 여자들이 보여 소름이 끼쳤다. 나도 이제 저런 옷을 입게 되니 끔찍하였다.
조사가 끝나자 신체검사를 받았다. 채혈과 X레이 촬영도 아닌 문답식 검사였다. 어디 아픈 데 없나. 질병 같은 것은 없나. 물어보았다.
나는 통과하였고 엄마는 어릴 때부터 골수염이 있어 많이 고생하였다. 그래서 같이 온 안전원과 함께 다시 돌아가게 되었다. 엄마와 또 헤어져야 하는 상황이 되어 큰 충격이었다.

엄마는 딸과 함께 여기에 있겠다고 하며 안전원에게 매달렸다.

"너 미쳤구나. 나가게 된 것이 감지덕지해야지 여기가 어떤 곳인 줄 알아? 여기서는 살아나가기가 간단치 않은 곳이야. 그러니 돌아가는 것이 좋아."
안전원은 그렇게 우리 모녀를 갈라놓았다.
일년 만에 만난 엄마와 나는 그렇게 다시 헤어지게 되었다.
이곳 증산 교양소는 죽음의 계곡으로 악명높은 감옥이다. 증산 교양소 사람들 사이에서 살아서 들어갔다가 죽어서 나온다는 말이 있을 정도로 무서운 곳이다. 그곳은 지상 최악의 생지옥이었다.

7월 27일 이곳에 도착하였다.
여자 죄수복을 입은 사람들을 보니 몸이 허약해 보이고 몰골이 형편없었다. 그런 몰골만 보아도 여기가 어떤 곳인지 짐작할 수 있었다.
교도관을 선생이라고 불렀다.
여자 선생은 우리를 데리고 사관 선생에게 갔다.
가지고 온 짐을 다 꺼내라고 하더니 중국에서 가져온 수건을 '이건 회수다' 하면서 가져갔다. 그리고는 점심을 먹으러 식당으로 갔다. 모두 허약한 사람들이 줄을 서서 밥을 기다리고 있었다. 눈은 십 리나 들어가고 젖가슴은 하나도 없고 엉덩이는 뼈가 드러날 정도로 앙상했다.

밥은 옥수수 껍질과 눈으로 만든 밥이었다.
오후에 일하러 나간 곳은 오이를 다 거둬들인 밭이었다. 밭에 혹시라도 남은 오이가 있는지 다시 확인하는 작업이었다.
날씨는 너무나 더웠다.
빈대가 많아서 긁다 보면 밤을 새웠다.
모기가 극성이어서 온밤을 꼬박 새워가며 쑥을 피워 모기를 쫓았다.
열흘이 지나니 작업에 배치되었다.
1, 2, 3반은 탈북자였고, 4, 5, 6반은 일반 범죄자였다. 나는 2반이었는데 남자들처럼 머리를 짧게 깎았다. 이곳도 짐승들이 모여 사는 동물 우리고 선생은 짐승을 다루는 사육사나 마찬가지였다.

2반에 내 자리는 영희 옆이었다.
동그란 눈에 쌍꺼풀이 있는 영희는 참 예뻤다.
영희는 나보다 두 살 어린 열아홉이었다. 그날 밤 영희는 자기의 슬픈 이야기를 내게 들려주었다.
부모는 제주도 출신이었다. 늘그막에 영희를 나았다. 영희가 태어나 그 가정도 웃음과 기쁨으로 넘쳤다. 부모님들은 항상 제주도 고향에 가서 살고 싶다고 하셨다. 그래서 한국으로 탈출하려다 중국에서 공안에게 잡혔다.

부모님들은 정치범 수용소에서 사형당했고 영희는 붙잡혀 증산 교양소까지 오게 된 것이다.
불쌍했다. 우리는 언니 동생 하기로 하였다.
영희가 친동생처럼 느껴져 그때부터 늘 같이 있었다.

늘 배가 고파 먹을 것만 찾았다.
8월은 풋옥수수가 나는 철이었다. 옥수수밭을 지나갈 때면 선생 몰래 뜯어서는 옷 안에 재빨리 감추곤 하였다. 무밭이나 가지밭도 마찬가지였다. 그렇게 하지 않으면 그곳에서 살아남을 수가 없었다.
7, 8월에는 김매기가 한창이었다.
봄부터 맨발로 논에 들어갔다. 경비원은 도망을 감시하였고 여선생은 마치 짐승을 잡아먹는 사자와 같아서 항상 무서운 존재였다.
영희와 허리를 꾸부리고 일을 하다가 허리가 아파 허리를 쭉 펴고 주변을 쭉 둘러보았다.

순간 나는 깜짝 놀랐다.
우리 반 사람들이 모두 다 메뚜기를 잡자마자 입에 넣고 있기 때문이었다.
옆에 있는 사람에게 물어보았다.
"날로 어떻게 먹어요? 맛있어요?"
"이제 며칠만 있으면 당신도 이렇게 되오. 그런 말 다른 사람에게 물어보지 마오. 다들 좋아하지 않소."
얼마나 배가 고프면 메뚜기와 개구리를 날로 먹을까? 그것을 보니 가슴이 쓰렸다. 죄 같지도 않은 죄의 대가는 너무도 안타까웠다.
탈북녀들은 모두 순진한 여자들이었다. 언제쯤이나 이 지옥에서 빠져나갈 수 있을까? 알 수가 없었다.

며칠이 지나자 나와 영희도 메뚜기를 잡아먹게 되었다. 정말 맛이 있었다. 두려웠지만 굶주린 배는 이렇게 하지 않으면 견딜 수가 없었다. 삼 일 굶어 도둑질하지 않는 사람 없다듯이 눈에 보이는 건 먹을 것 밖에는 보이질 않았다. 그래도 개구리만은 도저히 먹을 수가 없었다. 정말 무서웠다. 나와 영희는 메뚜기만 잡아먹었는데 시장이 반찬이라고 정말 맛있었다.
선생이 안 보는 사이 논두렁에 있는 냉이 풀을 냉큼 입에 넣었다.
한 번은 논두렁에 있는 냉이에 손을 대는 순간 구둣발이 손등 위에 닿았다. 올려다보니 선생이었다.
"이 간나가 김은 안 매고 뭐 해?"
구둣발은 손등 위를 밟아 비벼댔다. 순간 손 껍질이 벗겨지고 피가 나면서 찌릿찌릿했다. 그리고 그 고통은 이루 말할 수가 없었다.
무릎을 꿇으라고 했다. 피투성이가 된 손등을 무릎에

없고 가슴이 두근거렸다. 이제 어떤 일이 벌어질까? 고양이 앞에 쥐처럼 파르르 떨렸다.

선생은 반장에게 냉이를 흙이 있는 채 캐오라고 하였다.
"이 풀을 흙 채로 다 먹으면 일어나 가거라. 만약 다 먹지 못하면 가만두지 않을 거다."
선생은 매섭게 노려보았다. 흙이 가득 묻은 냉이를 뿌리째 입에 넣었다.
흙과 뿌리를 씹으니 살아있는 자신이 너무나 미웠다. 차라리 죽었더라면 이런 수모와 고통도 겪지 않는 것인데…
나는 부모님이 원망스러웠다. 피눈물이 흘렀고 복수의 피가 끓었다. 입안에서는 흙을 씹지 못해 잘 넘어가지가 않았다. 거의 다 먹어가는 순간 짐승같은 선생이 하하대며 웃었다.
그날 밤 내 손등을 보니 벗겨진 채 피로 얼룩져 있었다.
죄보다 벌이 지나치게 크면 오기가 생기듯 짐승도 하지 않을 듯한 짓을 한 선생의 대한 보복을 반드시 글로 써서 만천하에 고발하기로 그때 결심했다.
악명높은 이곳에는 400명의 교양생이 감옥살이를 하며 하루에도 몇 명씩 죽어 나갔다.

가을 추수할 때가 되었다.
메뚜기는 그때까지 있었다. 선생의 눈을 피해 메뚜기, 콩, 옥수수를 마구 입에 넣었다. 그렇게라도 생명을 유지해 살아서 나가려고 했다.
벼를 처음 낫으로 베다가 손가락을 여러 번 베었다. 그러면 또 욕을 먹고 매를 맞아야 했다. 이제 볏단을 나르면서 배고픔에 벼를 어석어석 씹어먹었다. 그때는 그 생 벼가 왜그렇게 맛있던지...
겨울에는 내복이 없어 비닐을 구해 몸에 비닐을 둘둘 감았다. 그리고 그 위에 죄수복을 입었다. 그래서 아래는 추워도 윗몸은 춥지 않았다.
나는 밤에도 1시~3시까지 탈곡을 하였다.
몇 숟가락 안 되는 밥을 소금도 없이 시래기 국물에 말아 먹고 낮에는 낮대로 밤이면 밤대로 노역을 해내기가 정말 쉽지 않았다.
**쌩쌩** 부는 초겨울 바람에 얼굴과 손이 텄고 무거운 눈꺼풀은 계속 내려 앉았다. 선생들은 움막에 들어가 추위를 피해가며 우리를 감시하였다.

전기가 없어 발로 굴려 수동으로 탈곡을 해나갔다.
우리는 망을 봐 가면서 벼를 입에 넣었다. 계속 먹으니 처음에는 깔끄럽던 것도 익숙해져 날 벼로 배를 채웠다. 그때 날벼를 먹느라 위가 헐었는지 지금도 위가 아프다.
갖은 고문에 노동에 채찍에 발길질에 인간적이지 않은 수모를 경험하면서 오는 정신적 고통에 외로움과 굶주림으로 내 몸은 정상이 아니었다.
하지만 그때 그 벼와 메뚜기가 없었다면 지금까지 살아남지 못했을 것으로 생각된다.

벼 탈곡도 다 끝날 무렵 입안 가득 벼를 물고 있던 나를 선생이 노려보고있었다. 순간 눈앞이 아찔했다.
떨리는 손에 입안에 든 벼를 뱉어버리고 선생 앞으로 다가갔다. 선생은 이죽거리며 '너 인자 뭐했니?'라며 물었다.
"선생님 잘못했습니다." 선생 앞에 무릎을 꿇고 고개를 숙인 채 연신 잘못했다고 무조건 빌었다.
탁 - 하는 순간 내 눈에 번갯불이 번쩍였다.
선생이 구둣발과 나무대로 내 머리를 일시에 내리친 것이다. 차가운 피가 얼굴을 타고 흘러내렸다. 머리가 터진 것이다. 사정없이 구둣발과 나무대로 내리쳐 의식을 잃고 말았다.

한참 후에 눈을 떴다.
누군가 울면서 수건으로 얼굴에 피를 닦고 있었다. 영희였다. 영희를 부르려고 했지만 입이 떨어지지 않았다.

죽지 않고 살아남아 있다는 게 신기하였다.
한편으로는 저주스러웠고 사람에게 이런 짓을 한 것에 환멸을 느꼈다.
"언니 아무 말 하지 마. 흑흑"
그 선생은 넋을 잃고 쓰러진 나에게 입에 손을 넣고 찢더란다. 그래도 성이 안풀려 구둣발로 배를 마구 굴렸다고 한다. 보는 사람마다 소름이 끼쳤다고 말했다. 그까짓 벼를 먹었다고 사람을 이다지도 잔인하게 할 수가 있나!
내 입은 형편없이 망가져 있었고 머리는 너무 아팠다. 찢어 놓은 입은 더욱 아팠다. 그때 맞은 후유증으로 지금도 고통 속에 살고 있고 아마도 평생 고생할 것 같다. 그는 인과응보로 본인이 아니면 대대손손 그 대가를 치를 것이다. 같은 인간에게 이러한 수모를 겪게 했는데도 천벌 받지 않는다면 불공평한 일이다. 증산교도소에서 선생을 했다면 누구도 인간으로 봐서는 안 된다.

먹지도 못하여 뼈와 가죽만 남았는데 씻지도 못해 밤마다 피를 빨아먹는 빈대 때문에 이중으로 고통이었다. 이까지 득실거리는 그런 곳에서 400명이 선생이라는 악질들에게 관리받으며 죽지 못해 겨우 목숨을 부지한다. 선생이라는 자들은 생사 여탈권이라도 있는 건지 아무조건도 없이 사람을 때려죽인다. 죽음뿐인 이곳은 모순 투성이다.
이 모진 파란만장한 삶 속에서 겨울이 찾아와 하얀 눈이 펑펑 쏟아졌다.
조용히 눈이 내려 쌓이니 가족 생각이 주마등처럼 지나갔다. 어머니와 헤어진 지도 몇 달이 지나 엄마가 집으로 돌아갔어도 면회가 안 되어 올 수도 없다. 가족이 그리울 때마다 눈물이 났다.

이곳은 겨울에도 일거리가 많아 노동해야만 했다. 신발이 없으면 맨발로 밖에 나가 소가 먹을 옥수수 대를 지러 나가야 했다. 눈이 많이 오는 날에는 가마니를 만들었다. 새끼도 꼬았지만, 여름보다는 밖에 나가는 일은 적었다. 그래서 밥은 더 형편없었다. 소금도 없는 무시래기 국에 밥의 양은 훨씬 적었다. 일하지 않는 자는 먹을 자격이 없다는 이유에서다.

## 8. 이별

 죽어 나가는 사람은 여름보다 겨울이 더 많았다.
이곳은 사람을 죽이려고 생긴 곳이나 마찬가지다.
일주일이면 한 달구지에 실린 시체 20여구에 나이와 이름을 적은 종이를 페니실린 병 속에 넣고는 목걸이를 걸어준다.
비닐에 시체를 둘둘 말아 달구지에 싣고 꽃동산이라는 곳에 가서 묻는다.

영희는 설사가 멈추질 않아 몰골이 말이 아니었다.
2000년 설날 함박눈이 펑펑 오는 교양소 안은 너무나 쓸쓸했다. 아무런 희망도 없고 절망뿐이었다.
영희는 설사와 영양실조로 인해 설날에도 일어나지 못했다. 그렇게 누워 있는 열 아홉살 영희가 너무도 불쌍했다.
"언니 나 죽고 싶지 않아. 엄마 아빠가 못간 제주도에 꼭 가야 해!"

내 손을 꼭 잡고 하소연하였다. 나는 어떻게 할지를 몰라 눈물만 흘렸다. 시간이 갈수록 영희가 살지 못할 것 같아 너무나 슬펐다.

영희는 겨우 숨만 붙은 모습으로 간신히 입을 열었다. 숨소리가 가쁘게 들렸다.
"언니 미안해. 나 - 아무래도 안될 것 같아."
"무슨 소리 하니? 너 뭐가 안된다는 거야?"
"나 먼저 제주도에 가 있을게. 언니 - 꼭 와야 해. 응 언니"
의사 선생은 한 시간을 버티지 못할 거라고 했다.
"선생님 제 살을 떼거나 제 피를 뽑아서라도 영희를 살려주세요. 영희만 살려주면 무엇이든 다 할게요. 제발요 선생님."
영희를 살려달라고 하나님께 간절히 빌었건만 소용이 없는 듯하였다.

내 손을 잡은 영희는 눈이 점점 초점을 잃어갔다.
"영희야! 안 돼. 안 된다고. 영희야!"
영희는 대답이 없었다.
심장이 멎고 몸은 싸늘하게 차가워지며 점점 굳어갔다.
나는 영희를 붙들어 안고 통곡했다.
영희의 눈을 쓸어 감겨주고 종이에 '김영희'라고 쓰는데 손이 떨렸다. 영희 이름을 페니실린 병에 넣어 영희의 목에 걸어주었다.
이렇게 영희와의 이별이었다.
방장이 인원 여섯 명을 데리고 와서 영희의 몸에 비닐을 둘둘 감아 시신을 새끼로 묶어 들고 나갔다. 처참하게 죽은 영희의 모습이 지금도 생생하다. 북한의 악당들을 나는 절대 용서하지 못한다. 절대로...

사람들은 창고 안에 시체를 일주일마다 달구지에 싣고 꽃동산 공동묘지에 묻으러 갔다. 나도 가보게 되었다. 삽과 곡괭이를 멘 여섯 명과 경비 선생은 총을 메고 따라왔다. 달구지에 한가득 쌓인 시체 속에는 영희도 있었다.
시체가 된 영희를 묻으러 간다니...
공동묘지에 도착했는데 그곳에서 나는 깜짝 놀랐다. 아니 그 생소하고 참혹한 광경에 기절할 뻔했다. 여기저기 널려있는 해골과 뼈들...어찌 지상에서 이런 일이 있을 수 있단 말인가!
뭐 하느냐면서 선생이 땅을 빨리 파라는 독촉에 땅을 팠다. 겨울이라 땅이 얼어서 깊이 파질 못했다. 여기서 죽는 사람은 공민 자격을 박탈당했다. 그런 죽음은 개만도 못하였다. 죽은 소식을 가족에게도 알리지 않는다.

머리카락이 곤두서고 손이 덜덜 떨려서 제대로 땅을 팔 수가 없었다. 시신이 들어갈 만큼만 팠다.
"됐어. 이제 묻어"
선생 자신이 춥다 보니 대충대충 건너뛰었다.
20명의 시체는 나무 꼬챙이 같았다.
겨울이라 창고에 며칠씩 둬도 얼어서 냄새도 나지 않았다. 감은 비닐이 터지고 먹지 못한 시신들은 가벼웠다.
영희 차례였다.
울면서 영희를 묻는데 칼로 가슴을 도려내는 심정이었다.
그런 곳에 아무렇게나 묻어버리는 것이 정말 안타까웠다.

엉성하게 묻었으니 불룩하게 올라왔다.
선생이 소리 지르며 말했다.
"너 뭐해. 얼른 올라서서 굴러야 조금은 내려가지"
시체 위에 올라가서 두 발로 꽝꽝 누르기 시작하였다.
참으로 끔찍한 일이었다. 소름이 끼쳤다.
아 - 하나님 보고 계십니까! 왜 악한 저들을 가만두십니까!
흙덩이 사이로 시체가 여전히 보였다.
여기에 묻힌 그들은 자신들이 왜 죽어야 하는지 모르고 억울하게 세상을 떠났다. 죽는 순간까지도 저항할 힘도 없는 연약한 사람들이었다.

빈 달구지를 끌고 꽃동산에서 내려오는 내내 떨렸다. 죽음이 무서워서 떨렸다. 스물한 살의 겨울 내게도 언제 찾아올지 모른다. 다만 남들보다 시기적으로 조금 늦어진 것뿐이다. 아직 어린 나이에 바라본 세상은 온통 암흑투성이다.
영희의 사망 원인은 남의 것을 도둑질해 먹은 것도 아니고 논둑에 자라나온 지천에 깔린 냉이를 캐어 먹었다는 이유로 흙 채 먹이고 두들겨 패서이다. 그 악마 같은 선생이 결국 냉이 하나 때문에 죽게 했다. 태어나자마자 누려야 할 그 모든 것을 빼앗았다.

다음 주 일요일 나는 꽃동산에 또다시 동원되었다.
지난주처럼 시체가 한 달구지가 되어 싣고 올라갔다. 우리가 묻었던 시체들은 이 동네 개들이 남은 살점을 뜯어 먹어 뼈만 앙상하게 남아있었다. 불쌍한 사람들이 두 번 죽음을 당하는 꼴이었다.
개들이 인육에 맛이 들려 이 동네 개밥이 되고 있다.
어떻게 이럴 수가 있는가! 아 - 이제까지 교양소에서 죽어 나간 모든 사람의 시신을 개가 다 뜯어 먹었다니...
피비린내 나는 이 꽃동산이 무서웠다.

눈에서 불이 일었다. 반드시 이 소굴을 벗어나 이 무서운 현실을 세상에 알리리라. 그리고 한 사람이라도 더 알리기 위해 책을 내리라.

며칠에 한 번도 아니고 매일매일 죽어 나가는 사람이 생겼다.
불쌍하고 죄 없는 사람들이 꽃동산으로 가서 개밥이 되었다.
영희가 떠난 자리에 순금 언니가 채워졌다. 언니는 영희를 보내고 힘들어하는 나에게 말했다.
"힘들어하지 마. 사람은 어차피 한 번은 죽는 거야. 하나님이 힘들어하는 영희를 먼저 데려갔을 뿐이야. 그러니 기운 내."
그말을 들으니 마음에 위로가 되었다. 함께 아파해 주고 관심 가져 준다는 자체가 가족처럼 고마웠다.
자신도 집결소에서 자라는 두 아이만 생각하면 꼭 살아서 두 아이와 함께 탈북하겠다는 생각뿐이라고 말했다.
남편은 병으로 죽고 힘들게 살다가 다섯 살 난 아들과 세 살짜리 딸 남매를 데리고 북한을 탈북해 중국에서 숨어 살다가 공안의 눈을 피해 가슴 졸였지만 그래도 중국은 지상천국이었다.

북한에서 못 먹고 못 입었던 것에 비하면 배부르게 먹

을 수 있고 안 입고 버린 옷만 주워 입어도 그것만으로도 사는 것 같았다. 중국에 있는 동안 세 가족이 영양실조로 야위었던 것이 회복되었다. 그런 생활도 석 달을 넘기지 못하고 중국 공안에 의해 북송되고 만 것이다.

단련대에서 중국으로 간 이유와 그곳에서 어떻게 생활하였는지 그 경위를 진술해야 했다. 그렇지 않으면 나무대로 머리를 내려쳐 바른대로 말할 때까지 고문했다. 사람을 짐승처럼 취급했다.

갓 난 아이들을 업어 놓고 숨을 거두게 하던 피도 눈물도 없는 곳. 나의 걸어온 북송의 길은 그러했다.

그녀도 험난한 길을 두 아이와 파란만장하게 거쳐온 것이다.

두 아이는 7.27 상무로 가게 될 것이다.

7.27 상무는 부모 없이 갈 곳 없는 사람을 모아 놓는 곳으로 제대로 된 밥한 끼도 안 주는 곳이다. 그래서 영양실조에 걸린 사람들뿐이다. 사람들은 그곳을 탈출하여 걸인이 되기도 하고 땅에 떨어진 음식을 주워 먹기도 하여 꽃제비가 되었다.

언니는 이야기하는 내내 눈물이 소리 없이 내렸다.

겨울이라 가마니 짜기와 새끼 꼬기를 개인별로 할당받

아 주어진 시간에 다 하려면 손동작이 빨라야 했다. 다 하지 못하면 저녁밥을 굶어야 해서 모두 정신을 바짝 차리고 일했다. 나는 그런 일을 해본 적이 없어서 서투르니 언니가 나를 많이 도와줬다.
영희를 보내고 쓸쓸하던 나에게 순금 언니는 더없는 위로가 되었다.
언니는 친한 친구가 있었는데 두 사람은 항상 붙어 다니며 의지하였고 무엇이든 함께 하고 잠도 옆에서 잤다.
언니는 나를 그 친구에게 사이좋게 지내라며 소개해 주었다.
언니 친구도 마음씨가 고운 사람이었다.

이곳에서는 씻지도 못하였다. 남한에서는 그 흔한 샤워가 북한에는 일반 가정에서도 샤워하기가 힘들었다.
몸에 냄새가 나도 씻지도 못하고 추워서 서로에게 기대어 쪼그리고 앉았다. 밤이면 서로 바짝 붙어 잠을 자곤 하였다.
증산에는 바다가 있어서 여름에는 조개를 잡아야 했다 할당량이 있어서 밀물이 들어오기 전에 재빨리 과제를 완수해야 했다.
조개를 캐자마자 빨리 팔아야 했다.
그 조개를 사러 오는 자가 있었는데 조개를 판매한 돈

은 선생들이 나누어 가졌다. 우리는 노예처럼 하라면 하라는 대로만 할 뿐이었다.

하루하루가 고달픈 생활이 반복되었다.
출소하는 사람에게 밥 몇 끼를 안 먹고 주어 그들에게 옷 하나를 얻었다. 구멍이 나 꿰매야 하는데 바늘이 없다. 바늘 한 번 빌리는데 밥 한 덩이를 주어야 한다. 이곳 식사는 소금이 없어 싱거워 맛이 없었고 염분 섭취를 못 해 얼굴이 퉁퉁 부었다. 그래서 밥보다 소금을 찾는 사람이 더 많았다.
하지만 영양실조가 있는 사람에게 소금은 쥐약이다. 그래서 소금을 먹으면 얼굴이 더 붓기 때문에 소금을 아예 주지 않는 것이다.
소금을 먹더라도 매일 조금씩 먹으면서 늘려야 한다. 그런데 한입에 털어 넣고 우물우물 넘기고는 며칠 있다가 시체가 되어 개밥 신세가 되었다.
그렇게 생명줄인 밥으로 거래를 하다 보니 그 안에서 죽는 사람들은 늘어만 갔다.

며칠 후 눈이 펑펑 쏟아지던 어느 날 운동장으로 모이라고 하였다.
이곳에서 제일 높은 교양소 소장이 뒷짐을 지고 서 있었다.

안전원은 우리를 한 줄로 서라면서 한명 한명 이름을 불렀다. 무슨 영문인지 모르지만, 사람마다 나이와 출생지를 확인했다.
또 무슨 일일까? 싶어서 가슴이 철렁 내려앉아 두리번거렸다.
잠깐 그렇게 확인하더니 다들 들어가라고 했다.
혹시 우리를 어디로 보내려고 그런 건 아닐까?
뭔가 심상치 않았다. 그때가 2월이었다. 우리는 다른 곳으로 후송되어 갈지도 모른다는 생각이 들었다.
그로부터 3일이 지나자 또 불러내었다.

회의장으로 이동할 것이라며 시간이 늦었으니 줄지어서 최대한 빨리 걸으라고 했다.
웬일일까? 하여간 가라고 하니 가야 했다.
여자 경비원 세 명이 우리를 데리고 길을 떠났다.
아파서 누워 있는 사람들까지 다 데리고 가서 건강한 사람들이 그들을 부축했다. 나도 설사병이 난 사람을 부축하며 같이 걸었다. 계속 설사를 하는 통에 뒤에 많이 떨어졌다. 안전원 하나도 뒤떨어져 우리를 지키고 있었다.

"선생님 궁금한데 무슨 일이 있나요?"
"글쎄 잘 모르겠는데 기대는 하지 마. 혹시 대사령이

있으려나!"
이게 웬일이란 말인가! '대사령'?
대사령이란 김일성이나 김정일 탄생일을 맞아 감옥 기간을 줄여주거나 석방시켜 준다는 말이었다.
아 - 그렇게만 된다면 얼마나 좋을까!
내가 이곳에 온 지도 1년 반이나 되었다.
여기서 잘하면 제 기간인 1년 반 만에 석방되고 잘 못하면 6개월 더 연장되어 2년 만에 출소한다.

드디어 회의장에 도착하였다.
잠시 후 가슴에 메달을 가득 단 사람이 들어왔다.
회의장 안은 갑자기 조용해졌다.
김일성 장군 노래를 부르고 나서였다. 고대하던 대사령이 마침내 떨어졌다. 김일성(1942년생 2011년 12월 17일 사망) 장군님의 따뜻한 배려에 의해 장군님의 탄생일인 2월 16일을 맞아 여기를 퇴소했다. 이때가 2002년이었다.
왈칵 눈물이 쏟아졌다. 모두가 눈물을 흘렸다. 나는 그동안 죽지 않고 살아서 나가게 되었다는 사실이 너무도 좋아서 눈물을 흘렸고, 또한 이런 좋은 날도 못 보고 세상을 먼저 떠난 영희가 불쌍해서 눈물을 흘렸다.

절절하게 눈물을 흘린 또 한가지 이유가 있었다.

하루하루가 죽음의 나날이었던 그 악몽같은 중산 교도소를 세상에 고발할 수 있게 되어서였다.
북한의 독재 정권, 사회주의 세습정치를 옹호하는 자들은 조작된 거짓말이라고 하지만 북한은 인권이 없다는 것을 속일 수는 없을 것이다.
나는 대사령 덕분에 5개월이나 출소일이 앞당겨졌다.
드디어 나가게 되었다.
진정 이 소굴을 나간단 말인가?
도무지 믿기지 않았고 실감 나지 않았다.
순금이 언니도 그의 친구도 좋아서 나를 껴안았다.
우리 셋은 부여잡고 기쁨의 눈물을 흘리며 서로의 길을 축복했다.

## 9. 대사령


대사령을 받고 교화소로 돌아가는 발걸음은 무척 가벼웠다.
아파하던 사람들도 얼굴이 밝아졌다.
하지만 18세 정옥이는 대사령에서 제외되었다. 정말 안타까웠다. 그 아이가 대사령에서 제외된 이유는 친구에게 중국에 다시 가자는 약속을 했기 때문이다.
그 친구가 안전원에게 그 사실을 고발하여 낱낱이 기록되어 있었다. 슬피 우는 정옥이를 보면서 다시 한번 이곳에 대한 환멸을 느꼈다.

정옥이가 갑자기 문을 박차고 나갔다.
밖에서 선생의 목소리가 들렸다.
"야 - 너 안 된다면 안되는 거지 뭐 말이 많아?"
"선생님 제가 잘못했습니다. 다시는 안 그럴게요."
"됐다. 들어가라. 네가 이런다고 해서 될 일이 아니니. 앞으로 2년을 마저 채우고 나가라."

정옥이가 아무리 사정해도 될 일이 아니었다.
그 선생으로서는 그럴 권한이 없을뿐더러 힘이 없기 때문이다.
정옥이는 더 슬피 울었다.
순금 언니가 위로해 주었다.
"정옥아! 안 된다면 2년을 마저 채워 이제 얼마 안 남았으니 조금만 더 견뎌 내."

정옥이는 부모님의 이혼으로 많이 힘들어하던 아이였다.
이혼 후 엄마는 중국으로 시집가고 정옥이는 엄마를 찾는다고 중국에 갔다가 잡혀서 엄마도 만나보지 못하고 북송되어 끌려오게 되었다. 어린 정옥이가 꼭 살아서 이 소굴을 벗어나기만을 바랄 뿐이다.
그날 저녁 순금 언니의 표정이 안 좋았다.
"아니 언니 왜 그래요? 어디 아파요?"
"글쎄 갑자기 설사를 해 배가 너무 아프네."
이게 갑자기 무슨 소리지! 언니가 설사를 하다니…이곳에서 설사는 곧 죽음을 뜻한다.
중산 교도소에서 겪었던 모진 고생을 이제 모두 끝내려는 축제의 시점에서 다 된 밥에 재를 뿌려도 유분수지 그런 불운이 있다니 비극 중의 비극이었다.
정말 하늘도 무심했다.

"언니 나갈 날이 다 되었으니 참아야 해요. 꼭 살아서 나가야 해요."
언니 친구도 속상해했다.

다음 날 소장이 와서 이런저런 공지를 하였다.
기차가 오는 대로 지역별로 퇴소하여 기차역까지 간다고 하는 것이었다. 함경북도와 양강도 쪽 기차가 언제 있을지 모른다고 했다.
퇴소가 된다니 좋기는 했지만 실제로는 언제 나갈지 몰라서 참 답답했다. 북한의 열차는 자주 연착되었고 그 때문에 기차를 기다리느라 여러 날이 지나다 보니 퇴소를 눈앞에 두고 죽는 사람이 몇십 명이나 되었다. 정말 안타까운 일이었다.

교양소의 선생이란 악마들은 퇴소를 목전에 둔 그들의 병을 돌봐주지 않았다. 그래서 이곳은 살아 들어갔다가 죽어 나오는 곳으로 악명높은 교양소이다.
어쩌다 운이 좋아 구사일생으로 살아 돌아오는 사람은 몇 안 되었다.
순금 언니도 하루하루 쇠약해져 가더니 아예 밥도 못 먹고 얼굴이 통통 붓기 시작하였다. 난 무서웠다. 언니가 영희처럼 될까 봐 오매불망 나갈 날만 기다렸다.

대사령을 받은 지 벌써 보름이나 흘렀다.
딱 15일째 되는 날이었다. 순금 언니가 갑자기 말도 하지 못하였다. 너무나 야위어서 제대로 분간도 못 하고 정신을 놓았다. 밥 먹을 힘조차 없으면 그때가 곧 죽을 때라고 하더니 언니는 밥을 먹여주어도 힘이 없어 입조차 벌리지 못하였다. 항문도 다 풀려서 감각이 없는 듯했다. 이런 상태로는 도저히 살아서 밖으로 나갈 수 없을 것 같았다.
영희의 모습을 그대로 보는 것 같아 마음이 무거웠다. 보름 동안 언니는 이렇게나 많이 변했다. 설사병이 정말 무서웠다.

그 안에서는 나라님도 어쩌지 못하는 병이라고나 할까! 사실은 약만 있으면 능히 고칠 수 있는 병이지만 병동의 여의사는 별수 없다며 약을 주지 않았다.
나는 그냥 방치하는 그 잔인한 여의사를 죽이고 싶었다.
이렇게 약 한 번 먹지 못하고 4일을 더 버틴 언니는 그날 이후 영영 눈을 뜨지 않았다. 이대로 또 한 사람의 비극적인 죽음을 맞이해야만 했다.
나는 언니의 나이와 이름을 적어 페니실린 병에 넣어 목에 걸어주었다.
'잘 가요. 언니. 저승에 가서는 지금처럼 힘들지 말고

편히 계세요.'

그날 저녁 선생이 와서 내일 새벽 6시에 기차가 있으니 준비하라고 했다.
나는 멍하니 앉아만 있었다. 기쁘지도 않았다.
순금 언니는 그 기쁨을 하루를 견디지 못해 죽음을 맞았다.
조금만 버텼더라면 내가 업고 나가 치료를 했을텐데…
하나님은 저 악마 선생들은 살려두고 왜 착한 사람을 다 죽게 놔두는지 그 이유를 묻고 싶었다.

드디어 소굴을 빠져나갈 날이 왔다.
내 인생에서 이곳에서의 7개월이 70년을 보낸 것만큼 고통스러운 시간이었다. 그중에서 가장 안타까운 일은 대사령 발표 후 20일을 견디지 못하고 저승으로 떠난 사람들이었다. 다시는 생각조차 하고 싶지 않은 이곳을 나가면서 녹이 잔뜩 슨 철문을 나서는 순간 뒤도 돌아보지 않고 앞만 보고 걸으며 또 걸었다. 행여 이곳에 또 오게 된다면 목숨을 끊겠노라고 각오했다.

설사하거나 질병에 걸린 사람들을 부축하면서 기차에 몸을 실었다.
그렇게 겨우 목숨을 부지했건만 나와서도 가는 도중에

사람들은 계속 죽어 나갔다. 걷지 못하고 부축을 받았던 사람들은 대부분 다 죽고 몇 명밖에 살아남지 못했다. 죽은 사람들은 역전 마당에 주-욱 눕혀 있었다.
역전에 마중 나온 순금언니 가족들에게 나는 해줄 말이 없었다.
북한의 독재 정권이 얼마나 참혹한가!
인간 생지옥으로 만든 독재자는 천벌을 받을 것이다.
인솔 선생이 도당에 보고하고 퇴소 증을 나누어주었다.
도당에 보고할 때 모든 사람이 깜짝 놀랐다.
함경북도만 교양 생이 2,000명이 입소하여 살아 나온 사람은 200명으로 열사람 중 한 사람만 살아나왔다. 대사령으로 나온 200명은 그야말로 구사일생이었다.

어디로 가야 하나?
내가 갈 곳이 도대체 어디일까?
지옥에서 나오기는 했는데 막상 어디로 가야 할지 몰랐다.
손에는 퇴소 증과 여비 몇 푼 주는 돈이 들어있었다.
그래 꽃제비가 되어있을 동생 순철이부터 찾자. 그길로 장마당으로 달려갔다.
땅바닥에 떨어진 것을 주워 먹는 사람들로 붐볐다. 동생을 찾기 위해 일단 거처부터 정해야 했다.

외삼촌이 사는 곳으로 갔다. 그길로 외삼촌 집에 도착하여 문을 두드리니 안에서 인기척이 났다.
"누구세요?" 반가운 목소리가 들렸다. 외사촌이 훌쩍 큰 키로 문을 열었다.
"어! 누구세요?" 나를 보자마자 놀라는 기색이었다.
"경수야. 나야 나. 누나야. 잘 있었니?"
"아 네 얼른 들어오세요."
"식구들은 다 어디 가셨니?"
"아버지는 직장에 어머니는 장마당에서 일하시고 할머니는 작년에 돌아가셨어요." 심장이 멎는 것 같았다.
"뭐? 돌아가셨다고? 할머니가 왜 돌아가셨는데?"
"설사로 인해 돌아가셨어요."

여기저기 북한은 장티푸스 설사병이 문제였다.
청천벽력같은 소리였다.
"그랬구나..."
얼마 있다가 외삼촌과 외숙모가 들어오셨다. 무척 놀란 눈치였다.
"너희 엄마가 여기 있다가 갔다."
"네! 엄마가요?"
"그래"
외삼촌과 이모네 집을 전전하며 몇 달 숨어있었다가 중국으로 갔다고 한다.

"얼른 씻고 옷부터 갈아입어야겠구나."
외숙모는 자신의 옷을 주고 따뜻한 물을 담아주었다. 며칠을 묵으며 순철이를 찾으러 다녔다. 외숙모는 순철이를 몇 번 장마당에서 본 적이 있지만 데리고 살 형편이 안되어 돈만 몇푼 주었다고 하였다.

장마당에서 만나는 꽃제비들에게 순철이를 계속 물어보았다.
급기야 순철이가 시 병원에 있다는 소식을 들었다.
그길로 지체없이 병원으로 뛰어갔다.
"누나!"
"순철아"
남루한 옷을 걸친 야위디야윈 순철이었다.
감옥에서 나온 짧은 머리에 남루한 모습의 순철이를 한 눈에 알아보았다.
우리는 한참을 부둥켜안고 울었다.
열한 살이 된 순철이는 일곱 살 아이처럼 작고 말라 있었다.
뼈에 가죽만 씌어놓은 너무도 안타까운 동생의 모습이 눈에 들어왔다. 동생만 남겨두었던 죄책감에 눈물만 흘렀다. 병원에서 곧바로 데리고 나왔다.
신발이라고는 형체도 없이 헤져 발가락이 그대로 드러났다.

그 추운데 양말도 없이 다녔으니 발에 동상이 안 걸릴 턱이 없었다. 새 신발을 사서 신겼더니 동생은 좋아서 어쩔 줄을 몰랐다. 그동안 고생시킨 것을 생각하니 창자가 끊어지는 것 같았다. 1년 6개월 만에 만난 극적인 가족 상봉은 너무나 절절하였다.

순철이의 손을 잡고 예전에 살던 우리 집으로 갔다.
여기서부터 그곳까지는 300리나 되었다. 그렇게 먼 길을 영양실조인 동생의 손을 잡거나 업고 걸었다.
드디어 마을에 들어섰다.
마을 사람들이 우리를 보고 깜짝 놀랐다.
"아니 이게 누구야? 순자와 순철이 아니니? 맞구먼"
마을 사람들은 우리 남매에게 냉소적이었다.
우리를 보고는 온갖 말들로 쑥덕거렸다.
우리가 살던 집은 이미 다른 사람들이 들어와 살고 있었다.
동네 반장은 우리 집안이 풍비박산 난 것을 욕하더니 두 평짜리 방 하나를 내주었다.

친구들은 외면했고 마을 사람들은 우리를 경계했다.
우리 남매는 동네에서 완전히 왕따 당했다.
감옥에서 나온 나도 여전히 영양실조였다.
순철이와 영양을 보충해야 하는데 형편이 안되었다.

예전처럼 언 감자를 밭에서 캐다가 생계를 유지했다. 돈이 없어 소금도 살 수 없으니 얼굴이 퉁퉁 부었다. 마을사람 중에는 마음씨 좋은 사람도 있어 소금이나 옥수수를 갖다주기도 하였다.

어느 날 아침에 언 감자로 끼니를 해결하려고 하는데 기억이 끊기더니 급기야 기절하고 말았다. 한참 만에 겨우 눈을 뜨니 순철이가 울고 있었다.
무슨 일인지 말이 안 나오고 머리가 몹시 아팠다.
"무슨 일이니? 내가 왜 누워 있는 거니?"
더듬거리며 어떻게 된 일이냐고 묻자 누나가 입에 거품을 물고 눈을 크게 뜨더니 갑자기 쓰러졌다는 것이었다.
조금 있다가 앞집에 사는 아바이(할아버지)가 코밑에 침을 놔주었다. 예전에는 침으로 여러 사람을 고쳐주었던 분이다.

"아바이 고마워요"
"좀 어떠냐?"
"네"
나지막이 대답했지만 내 마음은 바싹 말라 입이 바싹 타들어 갔다.
바싹해진 입술의 껍질들이 벗겨져 튀김 같았다.

휴 하고 한숨을 쉬며 아바이가 무거운 입을 열었다.
"너의 건강상태가 말이 아니다. 영양보충부터 해야겠다. 나는 가니 몸조리 잘 하거라."
"네 아바이. 고맙습니다. 안녕히 가세요"

건강이 좋지 않은 채로 지내던 어느 날이었다.
작업반장이 하루 치 과제를 주었다. 산에 가서 소에게 먹일 풀을 베어오라는 것이었다.
산에는 사람이 다 뜯어 먹어서 풀이 없었다.
전에는 소에게 찰 인절미까지 먹였다고 하는데 지금은 풀조차도 소에게 먹일 풀이 없었다. 작업량을 채우지 못하여 걱정하고 있는데 배가 아프기 시작했다.
죽을만큼 아파서 낫을 땅에 놓고 그대로 쓰러졌다.
주위 사람들이 나를 흔들었지만 너무 아파서 말을 할 수가 없었다.
아 - 이렇게 죽는구나.
나는 그날로 죽는 거로 알았다. 그렇게 배가 아파본 적이 없었기 때문이다.
얼굴은 하얗게 질린 채로 눈을 크게 뜨고 있었다고 한다.
안 되겠다 싶은 마을 사람은 나를 부축하여 산에서 내려와 집에 데리고 왔다.

집에 오자마자 방바닥에 뒹굴었다.
한참을 그러고 있는데 방문을 두드리며 마을 반장 아줌마가 손에 약을 들고 들어왔다.
"배가 많이 아프다고 해서 혹시 몰라 회충약을 가져왔다."
그동안 회충약을 한 번도 안 먹어 봐서 회충 때문에 배가 아플 수도 있다며 회충약을 먹여주고 나가셨다.
얼마 지나지 않아서 변이 나오려는 느낌이 들었다.
부리나케 변소로 달려간 나는 순간 깜짝 놀랐다.
한국의 회충약은 변 속에 회충이 녹아서 나와 변을 봐도 깨끗해서 회충이 있는지 모르는데 북한의 회충약은 변의 상태가 그야말로 충격적이었다.
대변에 회충이 하얗게 꾸물거려 징그럽고 역겨웠다.
그 뒤로 배가 언제 아팠던가 싶게 깨끗하게 나았다.
그렇구나! 회충이 문제였다.
반장 아줌마가 한없이 고마웠다.
인민반장 아줌마는 성격도 서글서글하더니 마음 씀씀이도 통이 커 사람 하나를 살렸다. 나는 그 이후로도 힘겹게 살아가면서 죽음의 고비를 하나하나씩 넘기고 있었다.

회충은 입이나 허파에 감염된다.
증상은 설사, 복통, 성장부진, 피로, 황달, 마른기침, 식욕 변화가 있다.

소장에 기생하는 회충은 약 30cm로 지렁이와 같으며 전 세계 인구의 30%가 감염되어있다. 그래서 매년 구충제를 1~2회 복용하여야 한다. 만약 평생 한 번도 구충제를 복용하지 않았다면 회충이 창자에 기생하여 영양분을 빼앗아서 영양실조가 될 수 있다. 창자에 있던 회충은 항문이나 입을 통해 나오기도 하며 허파에 침입한 회충은 폐렴을 일으킬 수가 있다. 아주 드물게 창자에 구멍을 내기도 하고 심지어 콧속, 귓속 등에 침입하는 수도 있다. 날음식, 생선회, 간, 천엽, 야채, 과일, 애완견, 공기속, 모기나 파리에서 감염된다. 그러므로 항상 손을 깨끗이 씻는 습관이 중요하다.

나이에 비해 성장이 늦는 아이는 회충이 있는지 의심해 봐야 한다.

## 10. 세 번째 탈북 길에 오르다.



 열 한 살 남동생은 죽이면 죽, 풀이면 풀, 아무거나 해 주어도 투정 한 번 부리지 않았다. 나와 함께 있다는 사실 하나만으로도 만족하는 것 같았다.
동생과 나는 산에 있는 조그만 땅에 옥수수를 심었다.
직장에도 다녔다.
이를 악물고 버텨낸 덕에 우리에게도 어느덧 풍요로운 가을이 찾아왔다.
얼마 안 되는 땅에서 수확한 것으로 생활의 연장이 기뻤다.

직장 일도 하고, 가을걷이하느라 정신이 없던 어느 날이었다.
탈곡하느라 일손이 바쁜데 누가 나를 찾는다고 부르러 왔다.
그 소리에 달려가 보니 엄마의 친구라고 하였다.
우리 식구가 아줌마네 집으로 자주 놀러 가곤 했던 기

억이 떠올랐다.
아줌마가 직장까지 나를 찾으러 오신 것일까?
"너 순자구나? 많이도 컸네. 그동안 어떻게 살았노?"
나를 보더니 아줌마는 단박에 눈시울을 적셨다.
"아줌마 헌데 여긴 어찌 아시고 찾아오셨어요?"
"오 그러니까. 누가 이야기하는데 들어보니 너희 집 이야기였더구나. 그리고 네가 돌아왔다는 소식이 들려서 와본 거야."
해물 장사인 아줌마의 물고기는 모두 쩔었고, 팔기 위해 가지고 다니는 물건치고는 후져 보였다.
"얼굴이 말이 아니구나. 에구 쯧쯧…"
"아줌마 저 괜찮아요."
"그래 그럼 난 바빠서 이만 간다. 다음에 보자."
"네 아줌마 안녕히 가세요."
아줌마와 난 그렇게 간단한 작별 인사를 나누고 헤어졌다.

열흘쯤 지났을까? 아줌마는 웬 남자를 데리고 나를 다시 찾아왔다.
남자는 키가 크지 않았다.
나를 바라보는 눈이 심상치 않았다.
"너희 엄마한테서 소식이 왔다. 너희 엄마를 만났는데 너희 엄마가 돈을 주겠다며 중국에 잠깐 오라는구나.

너 어떻게 하겠니?"
"뭐라고요? 저희 엄마가요? 저희 엄마와 연락이 되고 돈을 주겠다고 하신다고요?"
나는 흥분했다. 그럴 수가 있을까? 어떻게 엄마와 연락이 됐단 말인가?
두 번째 탈북 때 속은 뒤라 웬만해서는 사람을 믿을 수가 없었다. 다시 한번 그 사람을 확인해 봐야겠다는 생각에 엄마의 생김새며 이름이며 인상착의 등 몇 가지를 물어보았다.
그런데 모든 것을 제대로 얘기하는 것이 아닌가. 그런 그 남자 앞에서 내가 뭘 더 주저하겠는가!

동생 순철이와 이야기를 나누고 같이 떠나기로 약속했다.
국경기 역까지 100리나 걸어야 했고 강을 건너야 했다. 하룻밤 집을 정하여 자고 떠나려는데 그 남자는 동생이 걸린다며 여기에 남겨두고 갔다 오자고 했다. 순철이에게 말했지만. 소용이 없었다.
"싫어 난 엄마 볼 거야."
돈을 가지러 가는데 경비 때문에 왜 이렇게 사람이 많이 필요하냐고 물으면 뭐라고 대답하냐고 동생을 말렸다. 결국은 순철이를 남기고 새벽 1시에 강을 건너기로 하였다.

초겨울의 강물은 너무 차가웠다.
물은 처음엔 무릎 높이까지 오던 물이 점점 허리를 지나 겨드랑이까지 차오르더니 몸이 둥둥 뜨는 듯한 느낌이 들었다.
남자의 손을 꼭 잡았다.
다행히 엄마가 기다리고 있는 중국에 도착했다. 옷에서는 물이 뚝뚝 떨어졌다.
"어디로 가야 하죠?"
"쉿, 조용해 들키면 큰일이니. 내가 가는 대로 가기만 하면 돼."
한 시간을 가도 산길은 끝이 없었다. 계속 산길만 걷는 것이 이상하여 따져 물었다.
"지금 어디로 가는 겁니까?"
나의 눈을 피하며 고개를 돌리더니 쓴웃음을 짓던 남자가 드디어 입을 열었다.
"야 너 미쳤구나. 니네 엄마를 이 넓은 중국 땅에서 어떻게 찾아?"
"뭐라고요? 저를 데리고 온 이유가 뭡니까?"
"내가 아줌마에게 널 돈 주고 샀다고. 이제 알았니?"
내가 팔리다니 눈앞이 캄캄했다. 어이가 없었다. 나는 그길로 산길을 힘껏 뛰었다. 달도 없는 캄캄한 밤길을 쏜살같이 달렸다.
"야. 너 거기 안 서?"

결국 그 남자에게 잡혀서 그만 땅에 쓰러졌다.
동생만 북한에 두고 나는 세 번째 탈북 중독자의 죄를 지게 되었다.

증산교도소에서 구사일생으로 살아 나와 순철이를 만나 함께 살던 것이 불과 얼마 안 되었는데 인신매매 속임수에 또 걸려들다니 다시 한번 절망했다.
울어도 고집을 부려도 소용없다는 것을 과거의 경험으로 이미 알았다. 이대로 체념한 채 매매꾼과 걷는 수밖에... 내 인생은 왜 이럴까!
매매꾼은 지쳐서 어느 집 문을 두드렸다.
문이 열렸다.
"여기서 하룻밤만 묵고 가면 안 될까요? 너무 추워서요."
주인은 우리의 물젖은 옷을 보더니 말했다.
"제네 조선에서 왔재오? 에구 얼른 들어 오우."
그가 우리를 알아봐서 잠시 주춤거렸다. 하지만 나쁜 사람 같지는 않았다.
매매꾼은 내 손목을 잡고 방안으로 따라 들어갔다.
"지금 막 넘어오는 중이오? 여기 조선에서 온 사람들이 숱하게 다녀갔소. 괜찮소. 나는 한 번도 신고해본 적이 없소. 그러니 편안하게 있소."
"예 고맙습니다."

"부부는 아닐 테고? 오누인가?"
"아 네 제 동생이고 전 오빠입니다."
"주인아저씨는 여기서 혼자 사시나요?"
"아..여기는 개구리 장인데 여길 내가 지키지."
개구리 기름값이 비싸서 잡아서 모아놓는 곳이다.

한방에서 세 명이 잠이 들었다.
아침이 되어 나는 아침 준비를 하는 아저씨를 도왔다.
"깨났소? 좀 더 자지"
마음씨 좋은 주인아저씨에게 사실대로 말할까?
우리는 남매가 아니고 저 사람이 나를 중국 남자에게 팔려고 해요. 그러니 저좀 도와주세요. 이렇게 말하려고 했으나 매매꾼이 무슨 짓을 할지 몰랐다.
마음씨 좋은 아저씨에게 든든하게 아침을 얻어 먹고 가짜 오빠와 마냥 걷기 시작하였다.
"지금 어디로 가죠?"
"왜?"
"지금 가는 길이 혹시 화룡인가요?"
"그냥 따라와."
매매꾼의 걸음이 빨라 숨이 턱에 닿았다. 나는 털썩 주저앉았다.
그는 힘들지 않은지 나를 업고 꽤 오래 걸었다.
"너한테 미안하다. 사실 나는 나쁜 놈이 아니다. 내가 많은 여자를 중국에 보내줬어. 그 여자들이 중국에 팔려가게 도와달라며 스스로 원해서 보내준 거지. 사람을 파는 건 그때는 몰랐어."
"근데 지금은 왜?"
"지금도 파는 건 아니야. 중국에 보내주고 보내준 값으로 돈 몇 푼 받았어. 그 여자들한테... 내 가족이 다 굶어 죽어 아무도 없고 집도 없이 살았지. 그래서 그 돈으로 매끼를 해결하며 사람을 보내준 거지."
내가 무거운지 한 번 추슬러 올리고는 말을 이어갔다.
"난 북한에서 돈이 있어도 살지 못해"
그는 알 수 없는 말을 하였다. 그는 보위부에 억울하게 끌려가 고문받다 닷세 만에 탈출하여 떠돌이 생활을 하고 있었다.

"나는 이미 너를 알고 있어."
"저를요? 어떻게요?"
"너의 엄마 친구인 그 아줌마가 여자를 소개해 준다고 했는데 나는 그럴 처지가 안되었지. 그래서 소개받을 처지가 못 된다고 말했더니 대신 너를 나에게 넘긴 거야. 그 아줌마가 나에게 돈을 빌린 적이 있거든 그 돈을 받지 않는 조건으로 널 소개해 주겠다는 등 별짓을 다 하고 나는 내 갈 길 가겠다니까 결국엔 줄 돈이 없다고 실토를 하더군. 배 째라는 사람에게 계속 돈 달라고 해봐야 소용없으니 그만두라고 하고 그 집에서 나오려는데 널 여자로 소개받지 않을 거면 차라리 팔라고 하더군"
"뭐라고요? 나를 팔라고 대놓고 말했단 말이에요?"
고개를 끄덕였다. 휴 세상에 아줌마가 미웠지만 엎질러진 물이었다.

남자는 이렇게 된 이상 엄마와 동생을 찾아 데리고 올 생각이나 하자며 가족이 제일 중요하다고 하였다.
"저 엄마 번호 알고 있어요."
"내가 엄마에게 너를 보내주고 동생은 내가 데리고 오마."
"아저씨 나를 팔려고 데리고 온 거 아닌가요?"
"장가도 안 간 총각보고 아저씨라니? 나 아직 29살이야. 이제부터 오빠라고 불러."
그렇게 우린 뜻이 맞았다. 팔려가던 나의 신세가 반전되었다.

"여기가 중국 화룡이야. 조선사람 티가 나지 않게 주의해야 해!"
그는 절뚝거리는 나를 부축하더니 교회 앞에서 걸음을 멈추었다.
"여기가 내가 다니던 교회야. 여기서 하루 묵어가자. 엄마한테 가려면 차비도 있어야 하고…"
"네"
집사님 저에요 하니 문이 열렸다.
들어가자 교회 안에는 사모님과 몇 명이 있었다.
"그런데 저 각시는 누구지?"
"아는 사람인데 중국에 엄마 찾아오게 되었어요. 제가 데려다주려고요."
다친 발 때문에 며칠을 있으면서 엄마와 전화 통화가 되어 대화를 나눴다. 집사님 집에는 탈북자들이 몇 명 더 있었다. 농촌이라 공안원들은 보이지 않았다.

그는 나를 구경시켜준다면서 2000년 12월 쌀쌀한 겨울에 야경을 보러 나갔다. 그는 옷을 벗어 내 어깨에 걸쳐주었다. 발을 다친 이후 나는 그에게 기대야 했다.
야경을 보러 나온 그는 나를 유혹했다. 얼굴을 아주 가까이하고 서로 눈빛을 주고받을 사이도 없이 그의 입술이 확 온기를 느끼며 내 입술에 와 닿았다.
나는 피해야 한다는 생각에 고개를 천천히 돌렸는데 그의 입술도 동시에 따라왔다. 그리고는 나를 아주 조용히 안았다. 세상이 온통 고요하게 느껴졌다. 넓디넓은 그의 품에 안긴 나는 다른 세상에 와 있는 것만 같았다. 왠지 그러면 안 된다는 생각이 자꾸 들어서 두 손으로 그를 밀어냈다. 그는 밀어내는 나의 손에 그냥 밀려나 주었다. 우린 한동안 말이 없었다.
"나 너 좋아해. 나 괜찮은 놈이야. 받아줄 수 있겠니?"
"저 아직 그런 거 잘 몰라요."
입술을 빼앗긴 것도 황당한데 그때 나의 심장은 평소보다 배로 뛰었다. 당시에 사랑에 빠진다는 것이 나로서는 너무나 사치였다. 감정에 빠져있을 때가 아니었다.

그런데 어느 날 집사님이 돈을 벌어보지 않겠냐고 물었다.
집사님이라 안심하고 들어보았더니 이건 집사님의 입으로 할 소리가 아니었다. 중국에 장가 못 간 노총각들이 많은데 돈받고 팔려갔다가 도망쳐 와서 돈을 반씩 나누자는 황당한 말이었다.
"나는 그런 짓 못 해요."
빨리 여기서 빠져나가야겠다고 생각했다.
내가 있어야 할 곳이 어디란 말인가!
그래 자유야. 자유가 없어서 내 몸을 가지고 남들에게 좌지우지 당하는 거야. 그래 여기를 떠나는 거야.

교회 앞에는 교인들이 성탄절준비를 한창 하고 있었다. 나는 느티나무 아래서 내 신세를 한탄하며 눈물을 흘리고 방으로 들어가니 누가 너를 울렸냐면서 그가 넓은 가슴으로 나를 안아주었다.

내가 살면서 이렇게 마음이 편안해 보기는 처음이었다. 그는 날 안고 기도했다. 함께 한국으로 무사히 가게 해달라고...또 중국에 있는 동안 신변의 안전을 해달라고...

다음 날 아침 집사님이 나를 보자고 했다.
저쪽에서 사람이 오기로 했으니 빨리 결정하란다.
문이 열리더니 그가 들어왔다.
"무슨 말입니까? 순자가 어딜 간다고요?"
"아저씨"
깜짝 놀랐다. 집사님도 놀라서
"승호야 아무것도 아니야."
"뭐가 아니에요. 분명히 들었는데요. 집사님 하나님을 믿는 신자가 맞습니까?" "보자 보자 하니 별말 다 하네. 어린 자식이 건방지게."

그가 내 손목을 잡아당겨 나갔다.
밖에서 웅성거리더니
"이승호. 집사가 공안에 신고했다. 네가 이승호야? 너 조선에서 왔지?"
그의 팔목에 수갑이 채워졌다.
"자 가자" 공안이 소리쳤다.
끌려가는 그가 나에게 소리쳤다.

"밥 잘 먹고, 순자야 사랑해."
집사는 북한 여자들을 팔아넘겨 돈을 챙기는 인신매매자였다.
나의 22년 동안 겪은 기막힌 사연은 소설책으로 쓰면 한도 끝도 없을 것이다.

20대 자그마한 체구의 처녀가 공안 파출소 앞에 잡혀 수많은 사람이 모여 수군대고 있었다. 무슨 죄가 있기에 수갑까지 찼을까? 처녀는 눈물이 수갑에 뚝뚝 떨어졌다. 공안원이 차에 여자를 태우고 출발하였다. 그녀 옆에 파출소장이 앉아 있었다. 그녀는 바로 22살의 김순자 나였다.

조선에 가면 먹을 게 없어 굶어 죽는다는데…하면서 파출소장은 한국 돈 2만 원인 중국도 100위 엔을 내 손에 쥐여주었다. 옷이라도 사 입으라고 따뜻하게 말했다. 그와는 그렇게 헤어졌다.
인계자와 변방대 간부는 북한의 실정을 물어보면서 조사하더니 나에게 말했다.
"조선에서 넘어온 사람들을 보면 너무 가슴이 아파요. 배고파서 넘어온 사람을 감옥에 가두고 어떻게 그래요?"
4시간 동안 가면서 중간에 쉬어가자면서 시장 옆에 차

를 세웠다.
그는 돈은 다 **빼**앗기니 옷을 사 입고 그것으로 뭐 바꿔 먹는다고 하는데 그러니 옷을 골라보라고 하였다. 같은 동포라 하여도 그 사람의 행동이 도무지 이해가 가지 않았다.

내복과 겉옷을 내게 사주었다. 옷 장사 아줌마는 에구 조선에서 왔구만. 얼른 도망치시오. 라고 내게 말했다.
"지금 저기 멀리 갔으니 **빨**리 도망치오."
나는 도망치지 않기로 했다. 그 책임은 은인을 원수로 갚는 격이 되기 때문이다. 그는 변방대에 나를 넘기면서 무슨 일이 있으면 전화하라면서 자신의 전화번호를 적어주었다. 조선족 간부라는 것만 알지 이름도 모르고 전화번호도 나중에 조사할 때 입으로 넘겨서 알지 못했다.

변방대에서 옷을 홀랑 벗고 돈 검사를 마쳤음에도 몸 구석구석에서 돈이 나왔다. 여자 군의가 고무장갑을 끼고 처녀고 임신한 여자고 상관없이 자궁 속에 손을 집어넣고 항문에도 손가락을 넣었다. 또 머리에 손을 얹고 제자리에서 100번 뛰기를 하다가 돈이 **빠**져나오기도 했다. 임신한 사람이 있으면 밖으로 끌고 나가 낙태를 시켰다. 심지어 돈을 비닐에 돌돌 말아 약처럼 삼키면 나중에 대변에서 뒤져서 다시 씻는 검사를 하곤 했다. 그런데도 대변에서 찾지 못하면 재래식 화장실에서 변을 퍼서 비닐을 찾으니 열 한 개가 나오기도 하였다. 나뭇가지로 꺼내어 비닐을 물로 닦아 보위부에서 가져갔다. 중국 돈 200위엔을 감추어 와도 한국 돈 36,000원이니 북한에서는 큰돈이었다.

세 번째 북송이라 아주 무섭게 심문을 받았다.
옷을 잘 입고 시계까지 차고 와서 돈이 있어 보이는지 돈이 없느냐고 자꾸 물어보았다.
하루에 열 번씩 보름 동안 조사를 받았다.
이제 살아서 들어갔다가 죽어서 나온다는 증산 교화소로 갈 차례였다.
나를 부르더니 담당 지도원이 서류를 살펴보고 있었다.
"너 남동생 있지?"
"네"
"네 동생이 지금 고아원 시설에 있다. 중국에서 부모를 만나보았니?"
"부모는 못 찾았습니다."
"너 중국으로 다시 가겠니?"
"아니오"
"이따가 동생하고 만나게 될 테니 가서 기다리고 있어."

들어갈 때 무서움은 다 어디로 가고 동생이 살아있다는 기쁨에 마음이 설렜다.

"나이도 어리고 14살 동생도 있어 봐 주십시오."
"알았어. 비서실장 처리해"
나를 교화소로 안 보내고, 내보내기로 하고 있었다. 지도원이 오더니
"너 살았다. 이젠 동생 찾고 더는 동생 냅두고 가지마라."
밥과 돈이 사람을 잡아먹는 그곳에 그렇게 좋은 사람도 있었다.
"네 고맙습니다. 감사합니다."
"그래 나가서 잘 살아라."
내 목숨을 건져주신 그분은 나에게는 생명의 은인이셨다.

## 11. 네 번째 마지막 탈출

 단지 배고픔을 면하려고 두만강을 넘었을 뿐인데 반역자로서 사회적으로 매장당하는 것은 물론 고향에서조차 잔인한 처벌이 따랐다. 풀려나긴 했어도 고향 주민들의 감시와 안전부 스파이들의 감시 때문에 너무 힘들었다.

북한 정권의 무자비한 탄압과 가혹한 처벌이 수많은 탈북자를 양산하는 근본 원인이 되고 있다. 그래서 탈북자들은 고향과 집으로 가서도 적응하지 못하고 살아남기 위해 재탈북을 하고 있다.
그동안 탈북은 내 의지가 아니었다. 그러나 네 번째 탈북은 사정이 달랐다.
탈북자라는 낙인이 찍히면서 북한 땅에서는 더는 살 수가 없었다.

여러 번 탈북을 경험하면서 북한의 독재로 자유와 굶주림과 인권이 없다는 것을 이제야 알게 되었다.

인민을 잘살게 하는 정치 대신 3대 세습으로 자신들만의 호의호식과 영구집권을 유지하고, 단지 전쟁 준비만 하고 있는데 세뇌가 된 인민들은 속고만 있다.
제 백성을 함부로 죽이는 독재정치를 생각할수록 분하고 억울해서 도저히 그대로 북한에 남아있을 수가 없었다.
나의 네 번째 탈북의 진정한 의미는 짓밟힌 인간의 권리와 자유를 위해서였다. 탈북하다 붙잡히면 자살할 결심까지 해가며 나는 사생결단으로 감행했다.

동생 순철이와 네 번째 생이별해야 했다.
눈물로 또다시 순철이와 헤어졌다. 언젠가는 꼭 돌아와 사람답게 사는 것을 내 동포에게 보여주리라 결심하며 어둠을 뚫고 두만강을 건넜다.
이번에는 혈혈단신 나 혼자였다.
내게 탈북이란 생명이고 자유의 길인 동시에 죽음의 길이기도 했다.
죽음의 길인 줄을 알면서도 자유를 얻는다는 한 가닥 희망으로 눈물의 강인 두만강에 스스로 발을 들여놓은 그때의 심정은 먹구름이 뒤덮인 하늘처럼 비운의 눈물로 가득 차 있었다.

나의 바람은 소박했다. 부모 형제인 가족과 함께 행복

하게 사는 것이었다. 가족의 생일 때면 케이크 위에 촛불 켜 놓고 생일 축하 노래를 부르며 즐거워 하는 것이었다.
나는 문학소녀로 작가나 기자의 꿈을 이루어 보는 것이었다. 내가 소원이라고 하는 그 소소하고 소박한 일상이 그저 내가 바란 인생의 전부였다. 내가 원하는 자유는 너무나 소박하건만 자유를 위해 너무도 많은 눈물을 흘려야 했다.

중국에 있는동안 배는 부르지만 마음이 부르지 않고 항상 초조하였다. 중국 사람을 보면서 나도 중국에서 태어나 중국 사람이 되었으면 얼마나 좋았을까 하는 생각도 했었다. 나도 중국 사람과 오장육부가 있는 똑같은 사람인데 그 사람들은 나와는 다르게 너무도 자유롭게 살고 있었다. 젊은 연인들은 길거리에서 자유분방하게 서로 껴안고 아무렇지도 않게 키스하는 것을 보고 깜짝 놀랐다. 아 저게 자유구나 하고 나도 자유만 찾으면 중국 사람들이 하는 것처럼 다 해보고 싶었다.

중국에 있으면서 TV와 라디오로 탈북자 이야기를 들었다. 중국, 라오스, 태국에서 붙잡혀 북으로 북송되었다는 소식을 보기도 했다. 그들은 북한에서 지옥으로 가는 험난한 고초를 밟을 것이다. 총살형 아니면 내가 겪은 옥살이보다 더한 정치범 수용소에서 강제 노역으로 생명을 부지하기 힘들 것이다.
자유의 땅 대한민국으로 가는 길은 북한 동포들에게는 너무도 험난했다. 다행히 무사히 가면 천국으로 가는 것이었다. 그나마 살길은 중국에 남아서 숨어 살며 배불리 먹는 것이었다. 불법 체류자도 제3국에 눌러산다면 죽을 때까지 도망자 신세를 면치 못할 것이었다.

운명의 갈림길에서 진정한 자유를 선택하기로 마음먹었다.
가자 '대한민국'으로 가다가 죽는 한이 있더라도 수많은 사람이 그 자유를 찾다가 죽었다.
한국으로 가기 위해 무진장 애를 쓴 끝에 중국에 살던 고모가 한국으로 보내주는 브로커를 알아두었으니 당장 장춘으로 오라는 소식이 왔다. 하도 사람을 믿을 수 없는 세상이라 남한에 보내준다고 하고는 돈만 받아먹고 북한으로 보내는 일이 많았기 때문에 조심스러웠다.

그는 민족심이 강한 분이었다.
북한의 우두머리들은 북한의 인민을 아무것도 모르는 무지몽매한 자들로 만들어온 것이었다. 눈이 있어도 보지 못하고 귀가 있어도 듣지 못하는 자들로 만든 것이었다. 그분은 브로커가 아니고 탈북민을 돕는 봉사자

사장님이셨다.
그분으로부터 한국에 가는 경유 방법을 듣고는 아는 언니랑 함께 한국으로 떠날 준비를 했다.
생사를 갈리는 전쟁터와 같은 곳으로 발걸음을 옮겨야 했다.
막상 떠나려고 하니 마음먹는 것조차 힘들었다.
북한에 남겨진 불쌍한 동료들을 위해 내가 풀어야 할 과제가 있기에 죽어서는 안 된다고 생각했다. 그래서 당당해야 했고 이를 악물어야 했다.

운명의 날은 2007년 2월이었다.
자유의 땅 한국을 향해 길을 나선 나는 두 눈을 꼭 감았다.
내 손에는 사장님이 준 대한민국 위조 여권이 있었다. 성공하지 못하면 이북으로 끌려가 죽게 될지 운명의 갈림길에 들어선 순간이었다.
운명의 주인공은 트렁크를 들고 배로 이틀이 걸려 중국 대련 항에 도착했다. 붉게 물든 저녁노을이 비치는 대련 항에는 왠지 모를 무거운 기운이 감돌았다. 사람들의 걸음이 빨랐다. 그 속에 혹시 우리를 감시하는 그 누가 있지 않을까! 나와 언니는 눈을 초고속으로 굴리고 또 굴렸다.

붙잡히면 죽을 각오까지 한 나는 그 어느 때보다도 심각했다. 얼굴은 무표정하게 굳어있었다.
우리와 동행할 한국인이 티켓을 사왔다.
손이 몹시 떨렸다.
티켓과 여권을 준비하라는 방송이 나왔고 우리 앞에는 중국 공안들이 왔다 갔다 하였다.
머리카락이 곤두서는 것 같았고 손에는 땀이 가득했다.
마음을 가다듬고 어느 때보다 태연한 척하였다.
언니가 앞에 서고 내가 뒤에 섰다. 드디어 언니 차례였다. 언니의 여권과 티켓을 본 안내원이 여권 사진과 언니의 얼굴을 비교해 보더니 도장을 찍고 통과시켰다. 그렇게 언니는 통과되었다.

이번엔 내 차례였다.
손과 마음이 말할 수 없이 떨렸지만, 손은 떨지 않으려 태연한 척하면서 여권과 티켓을 안내원에게 내밀었다.
심장이 마구 뛰었고 다리가 후들거렸다.
아! 주여! 도와주시옵소서.
그런데 갑자기 안내원이 물었다.
"이거 당신 거 맞습니까?"
"예"
왜 물어볼까! 뭔가 잘못된 것은 아닐까! 내 심장은 너무도 빨리 뛰고 있었다.

"이거 안됩니다."
그는 한쪽으로 서라고 하더니 옆에 서 있던 공안에게 나를 데려가라고 했다. 순간 온몸이 싸늘해지고 심장이 멎는 듯했다. 통과된 언니를 바라보았다. 눈물이 그렁그렁 맺힌 언니는 배를 향해 뒤돌아보며 갔다.

앞으로 날 기다리고 있는 것은 무서운 심문과 죽음뿐이었다.
다른 건 바라지 않았다. 죽더라도 북한에 가서 죽지 않고 싶었다. 살아서 북한에 가지 않고 여기서 죽는 방법을 생각해 보았다.
유리병이라도 있나 찾는 순간 사무실에 도착했다. 겨울이라 그런지 더욱 썰렁했다. 공안원 4명이 우르르 몰려 들어왔다. 그중 한 사람이 중국말로 심문하였다.
"당신 이름이 뭡니까?"
"김순자"
"그럼 당신 짐을 뒤져봐도 됩니까?"
"괜찮습니다."
그 안에는 한국이 아닌 중국 옷이 있었다.
"한국 사람이 한국 옷이 없고 어떻게 된 겁니까?"
"한국에서 입고 온 옷은 친구들에게 다 주었습니다."
어디서 그런 용기와 말들이 나왔을까! 나는 막힘없이 강심장으로 대답했다.

"잠깐 기다려라"
조사하던 공안원이 전화기를 주면서 받으라고 했다. 누굴까!

"여보세요?" 전화 속 사람은 한국에 있는 중국 대사관 직원이었다.
그는 나에게 거침없이 질문했다.
"인천 부두에 내려서 바로 지하철이 있는가?"
심장이 멈추는 것 같았다. '예' 아니면 '아니오' 중에 어느 한 가지는 정답이고 오답이다. 오답이면 죽음이고 정답이면 천국으로 가는 길이다.
"없습니다."
"사과를 킬로로 달아서 파는가? 한 알씩 파는가?"
"한 알씩 팔 때도 있고 장사꾼에 따라 다릅니다."
한국 드라마를 자주 보았기 때문에 어렵지 않았다.
"요즘 쌀 한 킬로에 얼마 하는가?" 전혀 모르는 일이었다. 얼마 전에 사모님이 10kg에 3~4만 원 한다고 말하는 걸 들은 적이 있었다.
"10kg 한 자루에 4만 원에 사 먹어서 한 킬로는 얼마인지 모르겠습니다."
"두부 한 모에 얼마씩 하는가?"
"천 원짜리도 있고 2천 원짜리도 있습니다."
나는 독서를 많이 하여서 한국 소설에서 읽었던 기억이

있었다.
신통하게도 내가 정답을 모두 맞출 줄이야.

잠시 후 공안이 다가왔다. 미안하다며 여권도 티켓을 돌려주었다. 난 그렇게 중국말로 장장 5시간 동안 심문을 받았다. 무사히 심문을 마치고 나오니 다리가 후들거렸다. 나는 나에게 닥친 난관을 헤쳐나갔다.
만약 이런 난관에 부딪혔을 때 오 주여 라던가 하나님 소리가 입에서 저절로 튀어나왔다면 감옥이 아닌 사형으로 끝나게 된다. 중국이나 북한 사회주의에서는 하나님을 믿는 것은 곧 죽음을 뜻한다.

나는 배를 놓치고 얼마 후에 다시 항구로 나갔다.
안내원은 웃으며 "안녕하세요" 하더니 여권에 도장을 찍어주면서 "통과!"라고 말했다. 그때 나도 모르게 오! 하나님이 튀어나올 뻔하였다.
그렇게 사무치던 자유의 땅 인천행 배에 승선하였다. 짐을 풀고 내 자리에 가장 편한 자세로 누웠다. 밤새 달려 아침이 되었다. 깨끗하게 세수를 한 다음 곱게 화장을 하고 갑판 위로 올라갔다. 아침 해가 붉게 떠올랐다. 그토록 갈망하던 자유의 땅 태양이 내몸을 붉게 물들였다.

저멀리 인천 부두가 보였다.
혹시 북한으로 온 것은 아닐까! 하는 생각에 다시 유심히 보았다. 가까워지는 부두는 대한민국이 틀림없었다. 순간 눈물이 왈칵 쏟아졌다. 드디어 내가 왔구나! 아 - 이 순간을 얼마나 기다렸던가! 이 순간을 위해 그동안 흘린 피눈물을 생각하면 가슴이 저리고 아팠다. 자유를 찾아 천만리를 헤매다가 드디어 한국에 들어왔다. 나의 자유는 어렵게 찾아왔다.

준비된 자에게 기회가 온다고 하듯이 문학소녀 김순자 씨는 독서가 살렸다.
세상의 흐름을 역행하고 있는 북한의 실상을 5천만 전 국민이 아셨으면 한다.
그래서 북한의 독재자가 오판하지 못하도록 하고, 북한의 실상을 모른 채 옹호하는 어리석은 사람이 없었으면 좋겠다.

## 정치범 수용소 편
## 1. 북한 정치범 수용소

중국으로 탈북하다 북송되면 교화소(형무소)에서 2년을 복역하지만, 한국으로 탈북하다 잡히면 북한으로 끌려가 총살형이나 정치범 수용소에서 강제 노역을 한다.
무시무시하고 악명 높은 정치범 수용소에는 약 20만 명이 8곳으로 나누어 수용된다. 하루 12~15시간 노동을 하는데 한 끼에 옥수수죽과 배추 3줄기 약간의 소금이 배급되는 정도이다. 엄청난 노동으로 인해 허기가 져서 풀을 뜯어 먹거나 기어 다니는 것들을 잡아먹으며 산다.

수용소에선 성폭행, 낙태, 구타, 고문, 공개처형과 같은 인권 침해가 일상화되어 있고 탈출하다 잡히면 갖은 고문을 당한 뒤 공개처형 된다.
김일성을 비판하거나 김일성 권력에 도전하거나 김일성 의견에 반하는 세력을 가두기 위해 현재의 정치범 수용소가 만들어졌다.
이 정치범 수용소에서 일어나는 너무도 참담하고 가혹한 일들, 짐승만도 못한 처우를 받는 인권 유린의 모습을 전 세계에 알려 국제적 비판이 거세게 일어나도록 해야 한다.

이 순옥씨는 함경북도 청진에서 태어나 근 50년을 북한에서 살았다. 그러다가 주님의 은총으로 1996년도에 아들을 데리고 남한으로 올 수 있었다.
지금부터 이 순옥씨가 어떻게 대한민국 땅을 밟았는지 북한의 실상이 어떤지 들여다보고자 한다.

나는 북한에 살았기 때문에 하나님을 모르고 살았다.
내가 영문도 모른 채 지하 감옥에서 모진 고문과 사형 선고를 받고 사형 집행을 극적으로 취소한다는 통지와 함께 정치범 수용소로 보내졌을 때 수용소 안에서 겪은 북한 신자들의 모습을 말하고 싶었다.
저는 김일성 대학 경제학부를 졸업했기 때문에 정치범 수용소에서 죄수의 신분으로서는 유일하게 6천 명이 수용된 그곳의 모든 재정 업무를 맡게 되었다. 그 때문에 나는 많은 사람이 일하는 작업장들을 이곳저곳에 마음대로 갈 수가 있었다.

어느 날 나를 담당하는 재정부장 교도관이 나를 불러 놓고 단단히 교육을 시켰다.
"너는 오늘부터 매일 어떤 공장으로 나가야 하는데 그 공장에는 미친 정신병자 놈들만 모여있다. 그 미친 정신병자 놈들은 당과 수령님을 믿지 않고 하늘을 믿는 자들이니 절대로 눈길을 마주치지 말아라. 그러지 않고 네가 그자들이 믿는 하나님을 믿게 되면 네 목숨은 여기서 끝나게 되는 줄 알아라."
그런데 거기 가서 사람들을 보는 순간 나는 너무 놀랐다.
그들은 사람의 무리 같지 않았다. 1500도 이상 시뻘겋게 타오르는 용광로의 고열 노동의 작업장이었는데 그곳에서 많은 사람이 움직이는 것을 보았을 때 무슨 짐승의 무리 같기도 하고, 외계인 같기도 하고, 도무지 사람의 모습을 찾아볼래야 찾아볼 수 없었다.

키가 다들 줄어들어서 1m 20cm~1m 30cm 정도로 땅에 딱 붙은 난쟁이들처럼 움직였다.
나는 가까이 가서 그들을 보았다. 그리고 나는 놀랐는데 잡혀올 때는 정상이었던 사람들이 거기에서 하루 열여섯 시간씩 먹지도 못하고 고열 속에서 노동하며 고문받다 보니 척추가 녹아내려서 뒷 장둥이에 혹이 되어 버렸고 몸이 다 휘어져서 앞가슴과 배가 마주 붙어있었다.
그 사람들은 한결같이 모두가 그렇게 육체가 망가져 기형이 되어있었다. 아마 프레스 기계로 찍어도 한판에 그렇게 똑같은 모습으로 찍기도 힘들 거라고 생각된다.

그 사람들이 일하는 작업장에는 교도관들이 수시로 드나들었는데 교도관들은 말로 일을 시키지 않았다. 소가죽 채찍을 윙윙 휘두르고 다니면서 묵묵히 일하는 사람을 사정없이 이유 없이 내리쳤다.
예수를 믿는 사람들은 정신병자라면서 몸에는 옷을 입히지 않았다.
나는 처음에는 그 사람들이 멀리서 보일 때 모두가 검은 옷을 입은 줄로만 알았다. 그래서 가까이 가서 보니 그 사람들은 맨살 가죽에다 앞에 시커먼 고무 앞치마만 걸치고 있었다. 용광로의 뜨거운 불꽃이 앙상하게 말라붙은 살가죽에 튀고 또 튀어서 딱지가 앉고 그 자리에 쇳물이 떨어지고 또 떨어져 타버리고 해서 피부가 한 곳도 성한 곳이 없었고 마치 들짐승들의 가죽과도 같았다.

어느 날 나는 그곳에서 정말 말로 전하기 힘들고 끔찍한 광경을 목격하게 되었다.
공장문을 열고 들어서는데 공장 안이 쥐 죽은 듯 고요

했다.
작업장 한가운데 수백 명의 죄수 아닌 죄수들을 모아놓고 담당 교도관 두 명이 눈에 핏발을 세우고는 미친 듯이 고함을 치며 날뛰고 있었다. 나는 너무 무서워서 문 옆 한쪽에 비켜 서 있었다.
교도관은 수령님을 믿지 않고 예수를 믿는 미친 정신병자 놈들이라고 소리를 지르면서 그 사람들을 발로 차고 때리고 하면서 인간 이하의 취급을 하고 있었다.

"너희들 가운데 단 한 사람이라도 좋으니 대열 앞에 나서라. 예수를 믿지 않고 수령님을 믿겠다고 하면 여기서 내보내 주겠다." 교도관이 윽박지르고 명령했다. 그런데 너무도 이상한 것이 수백 명 사람 중에 아무도 매를 맞으면서도 나서지 않고 침묵으로 맞서고 있었다.
나는 너무나 무서워서 빨리 한사람만이라도 나서야 하는 데 그래야 오늘 누가 맞아 죽지 않을 텐데. 라고 속으로 생각했다.
왜 계속 저렇게 입을 다물고 있을까! 그렇게 마음속으로 다급하게 생각하였지만, 그들은 초지일관 침묵으로 대응했다.

그때 독이 오른 교도관이 그 사람들에게 달려가서 닥치는 대로 아무나 여덟 명을 끌어내어 땅바닥에 엎어놓았다. 그리고는 구둣발로 내리밟고 짓이겨버렸다. 순식간에 피투성이가 되고 허리며 팔다리뼈가 부러졌다. 그 사람들은 고통 속에서도 몸을 뒤틀면서 짓밟힐 때마다 신음을 냈는데 그 소리가 너무도 이상하게 들렸다.
나는 이때만 해도 주님이 누군지 하나님이 누군지 전혀 몰랐다.
뒤에 알고 보니 그 사람들이 고통 중에도 뼈가 부러지고 머리통이 부서지면서도 애타게 불렀던 것은 바로 '주님'의 이름이었다. 나는 그 사람들이 당했던 고통의 천만분의 일도 제대로 전하지는 못한다.

미쳐 날뛰던 교도관들은 수령님과 당을 믿는 우리가 사는가. 아니면 하나님을 믿는 너희가 사는지 보자. 하면서 달려가더니 펄펄 끓는 쇳물을 끌어왔다. 그리고 피투성이가 된 신자들 위에 부었다. 순식간에 살이 녹고 뼈가 타면서 숯덩이가 되어버렸다. 나는 난생처음으로 내 눈앞에서 사람이 숯덩이로 변해가는 것을 보았다. 얼마나 충격이 컸던지 그곳을 어떻게 튀어나왔는지 기억이 없을 정도였다. 그리고 얼마 동안 눈을 감을 수가 없었다. 그 정신적 충격으로 눈만 감으면 눈앞에 숯덩이가 되어 죽은 사람들이 어른거려서 도무지 눈을 감을 수도 없고 잠을 잘 수도 없었고 일을 제대로 할 수도 없으며 큰소리로 비명을 지르고 정신이 들어갔다 나갔다 하였다.

나는 그 일을 목격하기 전까지는 그래도 마음속 한구석에 실오라기만큼이라도 수령님과 당에 대해 믿고 있었다. 그러나 깨달았다. 무엇을 믿어야 하는지를…
한 달이 멀다 하고 공개처형이 있었는데 어느 날 누구를 또 공개처형 시키려는지 6천 명이나 되는 수용소 사람들을 한자리에 다 모아 놓았다.
공개처형 할 때는 반드시 예수를 믿는 사람들을 맨 앞줄에 앉힌다. 하늘을 믿는 사람에게는 김일성 특별지시로 살아서나 죽어서나 하늘을 보지 못하게 하였다. 무릎 사이에 목을 끼우게 하고 땅에 얼굴을 대고 엎드리게 했다. 심지어 죽어서도 하늘을 보지 못하게 해야 한다면서 죽은 시체도 목을 꺾어 거적에 말아서 어두컴컴한 산골짜기 나무 밑에 파묻도록 규정되어 있다.

그날도 신자들은 하늘을 조금도 보지 못하도록 목을 무릎 사이에 끼우고 맨 앞줄에 앉아 있었고, 뒤쪽에 탈북자나 공산주의를 반대하는 사람들이 앉아 있었다.
또 공개처형을 할 찰나에 갑자기 내 이름을 부르는 소리가 들렸다. 나는 너무 놀라 쇠몽둥이로 머리를 한 대 얻어맞은 것처럼 정신이 아찔하여 대답도 할 수 없었고 일어설 수도 없었다.

그러자 간수들이 나를 끌어내어 앞에 세웠다.
내가 군중들 앞에 섰을 때 수용소 소장이 나에게 고마운 수령님과 당의 은덕으로 너는 석방이다. 라는 통보를 받았다. 바로 그 순간 처형을 눈앞에 둔 사람들이 고개를 번쩍 들었다. 나는 그들의 눈빛을 보았다. 그들은 눈빛으로 간절하고 간절하게 말했다. 밖에 나가거든 자신들의 억울한 실상을 세상에 알려달라고...

지금도 내 가슴에는 그분들의 간절한 눈빛이 남아있다. 북한 신자들의 정치수용서의 생활을 본대로 증언하여 전 세계 150여 나라에 알렸고, 그래서 세계가 들썩거렸다. 유럽의 지식인 100여 명이 프랑스에 모여 북한 신자들의 인권을 위해 성명을 발표하기도 했다.
"여러분 북한의 순교자들에게 기도해 주시길 바랍니다."

필자가 군 복무하던 시절 6월 25일 되어 연병장에는 군복을 입은 병사들로 가득 들어차 있었다.
각 부대에서 차출된 병사들의 웅변대회가 열렸기 때문이다.
나는 세 번째 연사로 높은 연단에 올라가 아래를 내려다보았다.
난생처음 이렇게 많은 군중 속에서 연설하려고 하니 긴

장이 되어 등에서 식은땀이 흘렀다. 진행하는 사회자가 '전준상 상병'이라고 나를 소개했지만 기억이 나지 않을 정도로 떨어 얼떨결에 나갔다.

나의 웅변 제목은 '악명높은 정치범 수용소 아오지 탄광'이었다.
그동안 보초 서면서 수십 번 읽었던 책 중 아오지 탄광에 관한 논픽션(다큐멘터리)이 나의 원고였다. 북한에서 탈북하다가 걸리면 북송되어 총살형 아니면 아오지 탄광에서 고초를 겪는다는 내용이었다.
"충성" 우렁차게 거수경례를 한 후
"글로도 말로도 그리고 사진으로는 천분의 일도 못 미치는 표현이지만 끝까지 들어주시길 바랍니다" 하고 먼저 인사했다.

나는 깜짝 놀랐다. 긴장이 풀리자 눈앞이 깜깜했던 것이 환해지면서 언변에 탄력이 붙기 시작했다.
예수를 믿던 신앙인들이 아오지 탄광에서 겪는 대목에서는 나 자신도 감정을 억누르지 못하고 울컥하여 눈물이 흐르자 박수가 나와 한템포 쉬면서 손수건을 꺼내 눈물을 닦았다.
연병장은 찬물을 끼얹은 듯 숙연해졌다.
나는 독서를 많이 한 덕분에 나의 원고가 많은 사람을

감동케 한 결과로 웅변대회에서 1등을 차지했다.
이 책을 쓰면서 내가 군 시절에 책을 읽으면서 충격적이었던 북한의 실상들이 다시 떠올랐다.

아오지는 지명으로 함경북도 경흥군 아오지 읍이다.
아오지, 아우네, 아우라지 라는 순우리말로 두 개 이상이 어우러지다. 아우르다. 라는 뜻이다.
아오지와 오봉 탄광은 일제 강점기 때부터 열악한 환경으로 유명했으며 북한 정부에 반대하는 상당수의 정치범이 막장을 캐는 곳이다.

한 예로 운동선수들이 국제대회에서 지면 아오지 탄광으로 끌려간다는 설도 끊이지 않았다. 그만큼 악명높기로 유명한 곳이다.
축구감독 김정훈은 김정은의 생모인 고용희와 관련된 발언을 했다가 김정은의 비위를 건드려 숙청당하기도 했다.
아오지의 실태는 식량난으로 두 다리가 잘렸는데도 밥부터 달라고 할 정도로 굶어 죽는 사람이 많다. 5만 명의 인구가 살던 아오지 탄광은 탄맥도 끊기고 중국 국경지대이다 보니 탈북민이 가장 많은 지역이기도 하다. 앞으로도 삼엄한 경계를 뚫고 자유와 풍요로운 땅 대한민국으로 넘어오는 탈북민들이 점점 늘어날 것이다.

## 2. 일제 강점기와 하나원

 일제 강점기란?
우리나라가 (남북한 합쳐) 1910년 8월 29일부터 1945년 8월 15일 해방되기까지 36년간 일본에 의해 식민통치를 받은 시기를 말한다.
우리 국민은 나라를 되찾기 위해 끊임없이 노력했으며 1919년 3월 1일 한민족이 일본의 식민통치에 항거하고 독립선언을 발표하여 독립의사를 세계만방에 알렸다.

여러 독립운동가 중 유관순 열사는 이화학당 재학 중인 꽃다운 18세의 학생이었다. 서울 탑골 공원과 천안 아우네 장터에서 만세운동에 참여하여 '대한 독립 만세'를 외쳤다. 이에 시위 주동자로 체포되어 서대문 형무소에서 일본 순사와 헌병에 의해 무자비한 고문을 받다가 18세의 나이로 순국하였다.

유관순 열사는 1902년 천안군 동면 용두리에서 태어나 1918년 이화학당 고등부에 장학생으로 입학했다. 학창시절 프랑스 잔 다르크의 생애를 읽고 감명받았다. 처녀인 잔 다르크가 20세에 프랑스를 구하려다 반역형으로 화형에 처하였고 농부의 딸이었던 잔 다르크는 그후 국민적 영웅으로 역사에 길이 남았다.

유관순 열사도 소작농인 아버지 밑에서 태어났다. 1916년 공주여중 시절 장학금을 받고 다녔으며 리더쉽이 강해 같은 반 친구가 식비를 못 내어 굶자 자신도 굶으며 친구를 위로했고 밝고 다정한 모습에 친구도 점점 많아졌다. 이렇듯 남을 도와주는 것을 좋아했다. 독서를 즐겨 많은 책을 읽으며 꿈을 키워나간 것으로도 유명하다.
'애국 부인 전'이라는 책 속에 잔 다르크의 생애가 들어있어 가슴 속에 있던 정의감에 도화선이 된 책이었다. 1919년 고종황제가 독살당하자 식혜를 올린 궁녀들이 살해당하는 것을 보고 나라를 위해 무엇인가 해야겠다는 결심을 했다.

독립운동을 하다가 잡힌 유관순은 서대문 형무소에서 다섯 명이 들어갈 수 있는 감옥에 35명이 수용되었다. 그래서 잠은 서서 자야만 했고 모진 고문에 시달리다 건디시 못하고 결국 옥사하였다.
참혹한 방법으로 당한 고문은 물을 강제로 먹인 후 뉘어놓고 배를 밟았다. 배가 터질 것 같은 아픔과 통증은 이루 말할 수 없었다. 그리고 철봉에 양손을 묶어서 매달고 몽둥이로 온몸을 사정없이 구타하였다. 주전자에 물을 펄펄 끓여서 얼굴에 수건을 덮어씌우고는 그 위에 물을 부었다. 그것도 모자라 대나무를 뾰족하게 깎아서 손톱 사이를 찔렀다. 여러 개의 못이 박힌 상자 안에 넣고 흔들거나 입을 강제로 벌리게 하여 석탄을 퍼 넣기도 하였다. 그것도 분이 안 풀리면 옷을 모두 벗겨 놓고 불에 달군 인두로 가슴을 지졌다.
전기고문을 당할 때는 일본 순사가 나는 니 년을 이렇게 죽여 버리겠다고 악을 썼다. 밧줄로 온몸을 묶은 다음에 커터 칼로 가슴을 도려내고 생식기를 찌르면서 뜨거운 기름을 붓겠다고 협박했다. 몇 달동안 이런 고문을 받으면 배겨낼 사람은 아무도 없었다.

일본은 그 이후 세계 2차 대전(1939년~1945년)을 벌이면서 악행이 계속되었다.
전 세계 30여 개국 이상에서 1억 명이 넘는 군인들이 참여한 전쟁으로 7,500명의 사망자를 냈다.
이때 미국과 태평양 전쟁을 벌인 일본은 태평양에 있는 섬들을 군사기지로 만들어 가라앉지 않는 항공모함을 활용했다.
막강했던 일본 해군은 1943년 이후 전세가 기울어지면서 이 섬들은 일본군의 무덤이 되었다. 미군이 하나하나 점령하여 나머지 섬들도 봉쇄하면서 개구리 작전을 폈다. 그러자 식량과 무기 보급을 차단하며 고립무원에 갇힌 일본군은 먹을 것이 없자 생지옥으로 변하였다. 그 섬에는 일본군이 무려 3600여 명 이외에 조선인 강제 노동자가 1000여 명이 있었다.

미군 함정이 섬 전체를 포위하자 일본군은 섬 안에 있던 군인들에게 각자도생할 것을 지시했다. 해안가에는 미군들이 포위하고 있어 물고기도 잡아먹을 수가 없자 벌레나 쥐를 잡아먹으며 겨우 연명했다.
겨울이라 나무 열매나 풀도 없었다.
그런데 조선인 징용자들이 자꾸 없어져 인본 군인이 조선인을 잡아 인육을 먹는다는 소문이 확산되어 공포에 떨었다.
일본군이 고래 고기라고 했던 것이 조선인의 허벅지 살이었다. 없어진 조선인을 찾아 나섰다가 충격적인 장면을 목격하였다. 허벅지 살이 도려진 채 뼈만 남은 조선인 시체들이 있었다.
이대로 있다간 굶어 죽거나 잡아 먹히게 될 운명 앞에서 조선인들은 다른 선택이 없었다.

일본 감시병들을 없애고 미군에 투항하기로 계획하였다.

1945년 3월 감시병 11명 중 7명을 제거하고 탈출을 시도했지만 살아 도주한 감시병이 병력을 데리고 왔다.
조선인 55명이 학살되고 나머지는 야자나무 위로 숨어 목숨을 건졌다. 나무 껍질을 벗겨 먹으며 버티다 미군 함정으로 헤엄쳐 탈출한 조선인은 150명으로 당시 미군에 의해 구조된 조선인들 사진을 보면 아무것도 옷을 걸치지 않은 채 까맣게 타 있고 뼈만 앙상한 모습이다.

일본은 고립된 아군을 버렸고 버림받은 군인들이 조선인을 잡아먹도록 방치하였다. 야생에 동물과 조금도 다르지 않은 동물의 세계를 보는 것과 같았다.
섬에서 탈출하지 못한 군인 하나가 30년 만에 발견되었다. 발견 당시 그는 얼굴과 전신에까지 까만 털로 뒤덮였으며 옷을 하나도 걸치지 않고 있었다. 30년간 사람을 한 번도 만나지 못하여 말도 다 잊고 나무 열매와 산짐승만 잡아먹고 살았기 때문에 마치 고릴라와 모습이 흡사하였다.

그래서 의학계에서는 이 사람을 연구 대상으로 삼았다. 30년을 야생에서 살면서 50이 다 된 인간의 인체가 어떻게 변하였나 관찰하게 되었다. 사람도 문명의 이기를 받지 못하고 야생동물처럼 살면 마치 고릴라나 원숭이처럼 된다.

말할 수도 없고 읽을 수도 없으니 산짐승과 다를 바 없다.

일본은 조선을 자신들의 속국으로 만들어 자신들이 마음대로 지배하였다. 1940년 일본 육군성 정비과장이 후카이도 탄광에서 동경 본사로 보낸 공문은 다음과 같다.
'노동자와 일본군의 성욕을 채워주어 사기를 돕기위한 방안으로 조선, 중국의 처녀들을 성 노동자로 모집한다.'고 전했다.
그렇게 해서 한국과, 중국에서 일본으로 일을 구하러 온 처녀들은 간호원, 식당 종업원, 공장 등에서 취업하는 줄 알고 왔다가 성노예로 전락하였다. 여성 한 명이 하루에 수십 명을 상대하는 일을 해야만 했다.

세계대전 당시 프랑스는 속국인 알제리, 인도, 베트남 처녀들을 데려가 위안소를 차려 그리했고, 제2차 대전 때는 독일이 폴란드, 러시아 여성들을 군인을 위한 집장촌에 가두고 매춘을 강요했다. 우리나라 역시 6.25 사변으로 집장촌에서 양공주라 부르며 매춘을 강요하며 이태원, 파주, 송탄, 평택, 대구, 부산 등지로 급속히 퍼졌다.

우리나라가 일본에 속아서 일본군 위안부로 끌려간 여성은 무려 20만 명 정도나 되었으며 보상을 받기 위해 등록된 여성은 240명 만이 이름을 올렸다. 자신의 잘못이 아니었음에도 불구하고 수치스러운 치부를 드러내기를 꺼려졌기 때문이다. 2012년까지 생존한 할머니는 63명이었고 그중 이용수 할머니(96세)와 박필근 할머니까지 현재 생존자는 8명뿐이다.
생존자들의 증언에 의하면 아편과 히로뽕에 중독시켜 하루에 30명 이상 100번의 성관계를 갖도록 했다고 한다.

북한에도 218명의 종태위(종군 위안부) 조사 보고에 따르면 강제 연행하거나 납치되어 성노예로의 생활을 강요당했다. 그중에는 15세부터 19세가 절반이 넘었다. 반항하거나 거절하여 맞아 죽은 사람, 성병 등으로 죽거나 임신중절 수술하면서 죽거나 수시로 죽는 사람이 많았고 구사일생으로 살아남아 돌아온 사람은 반도 안 되었다.
시대와 나라를 잘못 만나서 인간이 인간답게 살지 못하고 짐승처럼 취급하던 시대였다.

1950년 6월 25일 한국전쟁이 시작되어 3년 1개월 2일이 지나 전쟁이 휴전하여 남북이 갈라졌다. 3.8선 너머에 있는 북한 동포들은 인권과 자유가 없이 지내며 먹을 것이 없어 굶어 죽는 아사자들이 속출하고 있다. 이렇게 75년간 김씨 일가의 3대 세습으로 이루어지고 있다.
탈북 시 브로커의 도움을 받기도 하지만 대부분은 목숨을 걸고 탈북을 한다.
목사님 한 분은 천여 명의 탈북자들을 구원해 주셨는데 물에 빠진 사람 건져주니 보따리 달라는 식으로 성추행을 당했다고 고발당한 적도 있지만, 무죄판결을 받았다. 목사님 월급이 300만 원정도였는데 그 돈을 중국에서 탈북자들을 돕는데 다쓰고도 모자라 빚까지 얻어 쓰셨다.

신부님 월급은 초봉 100만 원에서 매월 3만 원씩 올라 30년 후 190만 원에서 멈춘다. 여기에 성모 활동비가 매월 60만 원이 따로 나가니 초봉은 160만 원으로 일 년에 250만 원정도이다.
스님은 연봉으로 1,400만 원 정도로 고위급 스님이 되면 연봉이 5,000만 원이다. 30년 차 스님이 통장에 찍히는 매월 급료는 193만 원정도이다. 스님들도 은퇴 후에는 종단에서 비용 일체를 지급해 주어 경제적 어려움은 없다.
목사님 월급은 천차만별이다.

교회 크기마다 달라서 월급을 한 푼도 못 가져가는 분들도 있다.
반대로 대형 교회 목사는 월급이 1,000만 원이 넘게 수령하기도 한다. 미자립 교회가 70%를 차지하는 목사는 각자도생하여 생활한다. 목사가 은퇴 후에 70세가 넘으면 100만 원밖에 나오지 않아 주택, 의료비, 생활비를 직접 해결해야 한다. 천주교, 불교, 원불교에서는 현직이나 은퇴 후에도 생활이 안정적인데 비해 기독교만 불안정해 은퇴 후 장사를 하는 목사님도 있다.

종단의 지원이 없으면 탈북도 도울 수 없자 최봉일 목사는 중국에서 탈북자들을 돕다 중국 공안원에게 체포되어 2년 6개월 동안 구금돼 있다가 석방 후 남한으로 왔다.
최 목사가 감옥에 있는 동안 남편의 석방을 위해 혼신의 노력을 기울였던 부인 오갑순 씨는 그동안 어렵사리 면회를 가면 걱정하지 말라고 오히려 남편을 위로했다면서 남편이 평소에도 자신이 겪는 어려움을 내색하지 않는 성격이라고 말했다.

오갑순 씨는 남편이 또다시 탈북자들을 돕는 일을 나선다고 해도 여전히 남편 일을 돕겠다고 하면서 남편의 뜻이라면 언제라도 도울 것이라고 했다.

"그렇죠" 당신이 마음을 갖고 뜻을 보아서 하시면 함께 하죠. 이날 환영 모임을 주선한 탈북인권연대에서 선언하였다. 그러나 아직도 여전히 구금되어있는 탈북 지원 운동가를 위해 우리 정부는 더 노력을 기울여야 한다고 강조했다.

아직도 다섯 분 정도가 안 나왔지만, 하루속히 가족 품으로 돌아오게 정부가 힘써주길 바라면서 중국에 구금되어있는 정기봉 선교사 이야기를 했다.

정기봉 씨는 바로 옆 방에 있었기 때문에 몰래 이야기를 나눌 수가 있었는데 곧 추방될 것으로 보인다고 말했다.

최 목사는 앞으로 5년은 중국 입국이 금지되어 있지만 또 다른 길이 있을거라며 탈북자들을 돕겠다고 말했다. 얼마전 석방되어 돌아온 김희태 전도사는 중국이 탈북자들에게 강경한 조치를 취하고 있다며 자신이 중국에서 겪은 어려움에 대해 배상하라고 소송을 제기해놓은 상태였다. 이분 이외에도 최 영훈씨 나머지는 신분 노출을 꺼려 파악이 안 되는 상태이다.

탈북에 성공하여 남한에 도착하면 어느누구나 하나원 (북한 이탈 주민 정착 지원소)을 거쳐야 한다. 남한에서 안정적으로 살게 하는 교육이 목적이며 통일부에 소속

되어 직접 운영하는 기관이다.
용공점(위장 탈북으로 간첩행위를 하는지) 조사를 90일간 받은 후 문제가 없다는 판단에 의해서 하나원으로 보내지게 된다.
하나원은 탈북민에게 고향 집과 같은 존재로 여겨지며 상당수가 여성이어서 친정집으로 여기고 각별하게 애정을 쏟는 곳이다.
대한민국 품에서 오래 살면서도 하나원 시절을 소중히 간직하고 있다. 탈북 당시 힘들고 암울했던 순간들을 힘겹게 고백하는 탈북민들도 하나원 시절만큼은 즐겁고 행복했다. 추억으로 기억하고 밖에 나가 대부분 이야기한다.

하나원은 본원이 경기도 안성시 삼죽면에 있고 제2 하나원은 강원도 화천군 강동면에 있다.
하나원에서 12주 교육을 받으면 수료 후에 5년간의 정착 자금과 취업 장려금과 국고 보조금으로 임대 아파트를 지원받는데 천만 원~5천만 원이 지급된다.
하나원은 김정은이 학살 0순위 대상으로 인민군이 쳐들어오면 탈북자들이 단체로 학살할 우려가 있으며 반대로 종북 세력의 테러를 당할 위험이 있어 보안시설로 지정된 국가 중요시설이 있다. '가'급은 대통령실, 대통령 관저, 국회의사당, 대법원, 헌법재판소, 정부청사이다. 하나원도 이와 같아 안성시조차도 안성시에 있다는 것을 모르고 있다. 그래서 이곳은 특수 경비대가 배치되어 있다. 지금까지 하나원을 거쳐 간 탈북자들이 3만 명 시대가 되었다.

## 3. 유명한 탈북자 3인

 우리나라 국민에게도 많이 알려진 탈북자들이 있다.
**첫째** 김만철이다.
처음 탈북민이 국내에 들어온 것은 1962년 6월이다.
그 후 1987년 1월 15일 새벽 1시에 김만철은 청진항에서 50t급 배를 몰래 탈취한 뒤 일가족 11명을 태우고 동해 한복판까지 도주해왔다. 그는 '따뜻한 남쪽 나라'를 염원했다.
김만철은 1940년생이며 그 당시 47세의 나이로 탈북을 시도했다.
청진시에서 의사로서 의대 교수를 겸임하고 있었다. 막내 동생이 소련 유학 중 1년도 안 되어 영문도 모른 채 총살형을 당했다.

김만철 형제들은 아버지의 항일 공로를 인정받아 좋은 출신 성분이 될 수 있었다. 인정받던 아버지가 청진 의대 교수로 지냈다. 막내 동생의 총살당한 후 반동분자로 몰려 아버지가 대학교수직에서 쫓겨나고 의사직도 빼앗겼다. 김만철 또한 자신의 잘못도 없이 한순간에 파직되어 억울한 심정에 탈북을 결심했다.

김만철은 12년간 북한을 탈출하기 위한 준비를 철저히 했는데 배를 운항하는 법과 정보를 얻는 등 능력을 기르며 계획을 구체화했다. 배가 고장 났을 때를 대비하여 수리기술도 익혔다.
가족도 모르게 극비리에 진행했지만, 큰조카에게는 청진항에서 배 타는 일을 하게 하기도 했다.
김만철 일가가 탈북할 당시 태풍을 만나 뱃길을 잃은 데다 엔진이 고장 나는 바람에 일본 야마모토 근처에서 표류하다가 1월 20일 일본 후쿠오카 항에 도착했다. 이 때 김만철 일가의 탈북이 처음으로 공개되면서 전 세계 언론에 보도되었다.

일본에서의 통역이 하필 조총련계 간첩인 마츠야마여서 한국 망명이 위험하다고 위협했다. 조총련 간부들이 한국에 가면 모두 굶게 된다고 협박하자 가족들 간에 망명지를 놓고 의견이 엇갈리기 시작했다. 특히 큰 처남인 최정섭이 한국행을 주저했다. 배안에서 단식투쟁을 벌여 가족들과 험악해실 정도였다. 1월 24일 북한 적십자사가 단순 기관 고장으로 표류한 자국민들이라며 김만철 일가를 북한으로 송환할 것을 일본 정부에 공식 요구했다.
이대로 있다간 북한에 끌려가서 무슨 짓거리를 당할지 모른다는 불안감에 절대 북한만은 안 된다는 일념으로 제3국 망명을 강력히 희망했다. 하지만 김만철 가족 간에는 행선지가 합의되지 않았다. 북쪽에서 오래 살아서인지 처음부터 김만철도 남한을 생각하지 않았다고 한다.

그러나 남쪽 대표단의 설득으로 대한민국행을 결심하고 일가족에게 밀어붙였다. 이 당시 김신조와 이웅평이 동행하여 서울을 찍은 온갖 사진과 자동차 키를 보여주면서 '나는 부모 형제를 북에 두고 홀로 비행기를 몰고 와 외로움에 매일 눈물로 보내는데 댁은 부모 형제 모시고 왜? 자유로운 남한으로 귀순하지 않으십니까? 저도 이만큼 잘살고 있으니 꼭 대한민국으로 귀순하세요.'라고 설득했다.
특히 김신조는 김만철과 같은 동향인 청진 출신에다가 살던 동네까지 같았다. 만나자마자 '만철이 형 아니오. 나 신조요. 정미소집 아들'이러면서 반가워했다.

대한민국 정부가 김만철이 원하는 대만 정부와 협상할 때 조총련은 북송 촉구 시위를 전개하였다.

대사를 역임한 김신이 비밀리에 투사로 파견되었고 당시 총통은 김신의 아버지와 각별했다. 협상 끝에 2월 3일 김만철 일가족은 대만으로 가는 것으로 결정되었다. 일본은 김만철 가족을 대만으로 추방하고 2월 7일 새벽에 오키나와를 거쳐 대만에 도착했다.

이 순간에도 김만철 가족 중에서 남한행을 반대하면서 애초 목적대로 따뜻한 남쪽 나라 제3국으로 가자고 주장하는 사람도 있었다. 한국 정부가 대만에 머무는 동안 계속하여 설득하였고 19시간 만에 군사작전을 방불케하는 비밀작전을 통해 김포공항으로 데리고 오는 데 성공했다.

김만철은 서울 정착 후 <김만철은 말한다>라는 수기집을 발간하였다.
책 속에서 그때 김만철의 심정을 알 수 있다.
[어릴 때부터 40여 년간 남조선은 병마의 소굴이고 거지가 득실거리는 생지옥이라고 들어온 터라 당초 부터 남조선에 간다는 생각은 꿈에도 해본 적이 없습니다. 남조선 도착 후 첫 나들이에 나선 우리들은 눈 앞에 펼쳐진 놀라운 광경에 넋을 잃고 말았습니다. 숲처럼 펼쳐진 높은 빌딩, 쭉쭉 뻗은 도로와 자동차의 물결, 상점마다 쌓여 있는 화려한 상품들, 그림같이 아름다운 한강 변의 아파트들, 거리를 오고 가는 사람들의 활달하

고 밝은 표정과 그 눈부신 의상들, 자유스럽고 단란한 모습, 서울의 장엄하고 위대한 광경 그 어느 것 하나 신기하고 경이롭지 않은 것이 없었습니다. 저희는 날마다 놀라움의 연속 속에 살아가고 있습니다. 그리고 어느 날 그렇게도 남조선행을 반대했던 큰 처남도 마침내 이렇게 외치고 말았습니다. 아 따뜻한 남쪽 나라! 매부 여기가 바로 매부가 그토록 그리워하던 따뜻한 남쪽 나라군요. 저는 그 말을 듣고 목이 메었습니다. 저희를 따뜻하게 안아준 국민께 감사드립니다.]

김만철 일가족에게 정착금으로 일억 원이 나갔다.
그 후 강연을 다니면서 많은 돈을 벌었다.
자본주의와 시장경제의 물정을 모르니 사기를 여러 번 당했다. 종교 생활을 했는데 목사가 돈을 빌려 가 해외로 도주하면서 피해를 봤고, 제주도 기획 부동산에 속았고, 서울 교회에서 만난 신자에게 속아서 오히려 사기죄로 고소를 당하기도 했다. 이렇게 20년간 10억 원을 사기당했다.
일용직으로 숙식을 해결하면서 매우 어렵게 고난을 겪었지만 재기하여 양계장과 장뇌삼을 재배하였다. 자녀들은 잘 적응하여 주택공사에 입사하고 시내버스 운전기사, 학원도 경영하면서 다들 잘살고 있다.
북한에서는 김만철 일가가 배에 폭격당해 몰살당했다고

거짓선전을 했다.

두 번째

이웅평 공군 대위는 김만철보다 4년 전인 1983년 2월 25일 미그19 전투기를 몰고 귀순했다.

이웅평은 1954년 9월 28일생으로 평안남도 대동군 청계리에서 2남 5녀 중 장남으로 태어났다. 김책 공군 대학을 나와 로켓 사격훈련을 위해 10시 30분 평안남도 개천 비행장을 이륙한 미그기가 갑자기 편대를 이탈하여 남쪽으로 방향을 돌렸다. 편대를 이탈한 미그기는 고도 50m에서 100m를 유지하면서 920km 전속력으로 남하 10시 45분 해주 상공을 지나 연평도 상공의 서해 북방한계선을 넘었다. 한국이 팀스프리트 공군 훈련을 하고 있던 방공망에 미그기가 포착되었다. 공군의 F-5 전투기가 요격에 나섰으나 미그기는 날개를 흔들며 귀순 의사를 밝혀 미그기를 유도해 11시 4분 수원 비행장에 착륙시켰다.

귀순 3개월 뒤인 1983년 5월 공군 소령으로 군복을 갈아입은 이웅평은 1984년 공군사관학교 교수의 딸과 결혼하여 슬하에 1남 1녀를 두었다. 이후 공군에서 계속 근무하다 1995년 공군 대령으로 진급했고 공군 대학 정책 연구위원으로 활동했다. 그러나 1997년 갑작스러운 간경화로 쓰러져 간이식 수술을 받았고 회복되는 조짐을 보였으나 거부반응이 일어나 2002년 5월 4일 간 기능 부전증으로 수도 육군 병원에서 사망하여 대전 현충원 장교 묘역에 안장되었다.

세 번째는 김신조이다.
김신조는 1942년 6월 2일 함경북도 청진에서 출생하였다. 청진은 김순자 탈북녀와 김만철과도 같은 고향이다. 김신조는 대남공작 특수부대인 124 군부대 소속 특수부대원으로 1. 21사태의 주범인 31명 중 한 명으로 활동했다.
사태 진압 과장에서 생포되어 대한민국으로 귀순한 뒤 중정의 주선으로 건설회사에 취직했고 12년 다니다 퇴사했다. 그 후 신학대학을 나와 목사가 되었다. 처음 교회에 나가게 된 건 배우자의 권유였으며 교회에 처음 나가 보니 마음이 편해져서 계속 다니게 되었고 목사의 길을 걷게 되었다.

김신조는 특수 훈련 시 해발 1,000m 이상 되는 산에 혼자 들어가 살아남는 특수 훈련을 받았다. 그때 10만 명의 요원 중 최정예 31명이 선발돼 특수부대인 124군부대를 만들었다. 이때 계급은 소위였다.
124군 부대는 남한에 침투해 정부 요인을 살해하는 게 주요 임무였다.

게릴라 작전을 염두에 두고 훈련을 받았으며 육상 침투 시 문산, 고양 침투를 담당하는 훈련을 받았다. 이들은 청와대 습격 및 대통령 암살을 위한 대한민국으로의 침투 직전 혈서로 '수령 동지의 명령대로 임무를 수행할 것을 맹세함'이라고 작성한 뒤 본격적으로 침투를 시작했다.

1968년 1월 21일 청와대를 습격하기 위해 1월 17일에 북한 한계선을 넘은 김신조는 부대원들과 철저한 은폐를 위해 밤에 이동하고 낮에는 무덤을 파고 들어가 휴식을 하며 이동했다.

1968년 1월 19일 남한으로 넘어와 혹한기로 인해 땅이 얼어붙어 잘 파지지 않자 볕이 잘 드는 곳에서 휴식하기로 하고 파주 법원리 초리골 삼봉산에서 휴식을 취하고 있었다. 그러던 중 나무꾼 우씨 4형제와 마주치게 되었다.

교육받을 때는 마주치는 민간인은 무조건 사살하기로 되었는데 상부에 보고하니 작전 철수하라는 것을 잘못 해독하여 그들을 살려주어 파출소에 신고한 우씨 일행으로 인해 알게 되었다.

1968년 1월 21일 김신조 일당은 30kg에 달하는 군장을 메고도 산악을 10km 속도로 빠르게 이동하여 북한

산에 도착했다. 일당은 코트로 갈아입고 서울로 입성했다. 그러나 청와대를 약 300m 남겨두고 종로경찰서 서장 최규식과 마주친다. 수상함을 감지한 최 서장은 김신조 일당을 포박하려고 시도하던 중 상황과 무관했던 시내버스가 근처로 다가왔고 이를 군병력으로 오인한 일당은 궁지에 몰렸다고 판단하여 품에 숨겨둔 기관총을 꺼내 사격했다. 하지만 김신조는 그 당시 본인의 임무는 박정희 대통령 암살이지 그 외에 사살은 아니라는 생각에 총을 쏘지 않았다. 이후 124군 부대원 31명은 뿔뿔이 흩어져 도주했고 김신조도 산속에 은신하였다.

1968년 1월 22일 새벽 1시 30분 김신조는 인왕산을 넘어 도주하던 중 종로구 부암동 세검정에서 군인들에게 포위되어 생포되었다.
124군 부대원 31명 중 29명이 사살되고 1명이 투항 1명은 미확인 상태로 남아있다. 이 사건으로 아군 25명 최 총경과 중학생, 회사원 민간인 7명이 사망했고 52명이 부상을 입었다. 투항한 김신조 한 명만이 구사일생으로 살아남아 현재 목사의 길을 걷고 있다.

## 파란만장 구사일생 편
## 1. 거물급들

 김현희는 테러 당시 20대의 여대생으로 외교관인 부모 밑에서 태어난 인물이다. 얼굴이 예뻐 어려서는 아역배우로도 활동했으며 외교관인 고위자제 부모덕에 쿠바에서도 산 적이 있다. 평양 외대 일본어과에 다닐 때 당에 차출되어 8년간 간첩 교육을 받았으며 KAL 858기를 폭파해 115명의 생명을 앗아간 테러범이다.

1987년 이라크 바그다드를 출발한 항공기는 아부다비에서 내린 15명 중 수상한 사람이 2명 있었다. 이름은 하치야 70대 남자와 아유미 20대 여자로 일본이라고 했지만, 일본인이 아니었고 여권도 가짜로 밝혀졌다.
중동 섬나라 바레인 공항에서 가짜 여권임을 확인하고 두사람을 체포했는데 담배 필터에 있던 독약으로 자살 시도를 하여 70대 남자는 그 자리에서 사망하였고 20대 여자는 혼수상태였다.

안기부에서는 담배 필터에 독약 앰플을 사용하는 것이 80년대 남파 간첩들이 사용하는 수법과 동일한 것을 보고 북한이라는 알았다.
안기부에서 최창아 여자 수사관과 함께 신병 인수팀을 꾸렸다.
1987년 12월 14일 밤 9시 바레인에서 마유미를 인수해 바로 준비해 간 마우스피스를 입에 물리고 반창고를 붙여 고정했다.

마유미가 서울 김포공항에 도착하는 순간이다.
비밀리에 이루어진 이 놀라운 사실이 세상에 공개되었다.
다음 날이 제13대 대통령 선거가 있는 날이었다.
3김 시대라 불린 통일 민주당의 김영삼과 평화 민주당 김대중이 출마하여 우리 손으로 대통령을 직접 뽑는 날이었다. 1987년 12월 16일은 기호 1번 민주정의당 노태우 후보가 당선되었다.

마유미가 비행기에서 내린 후 KAL 858 비행기가 폭파하여 115명 탑승객 전원이 사망하였고 용의자 마유미가 압송되는 장면이 TV로 생중계되었다. 폭파된 비행기는 해상 수색결과 구명보트가 발견되었는데 KAL의 구명보트로 확인되었다.

마유미는 체포된 이후 계속해서 함구하여 안기부 여자 수사관이 24시간 밀착해 접근하여 말을 걸었다. 마유미가 한국에 온 지 7일째 되는 날 수사관들은 서울 시내를 구경시켜준다고 밖으로 데리고 나간 다음 날 마유미는 자신의 이름이 김현희라는 것을 밝혔다.
1988년 1월 15일 기자회견에서 김현희는 모든 것을 밝혔다.
'끝까지 비밀을 지키려고 부인하였습니다. 근데 여기 와서 있는 동안 차 안에서 또 시내를 다니면서 시내 전경과 인민들의 모습을 통해 현실을 알게 되었습니다. 북에서 받은 교육과 생각하던 부분이 너무나 반대되어 점차 어느 것이 진실인가에 대해서 알게 되었습니다. 죄를 지었기 때문에 백번 죽어 마땅합니다.'

작은 비행기는 한국인 주로 타는 비행기라 생각했고 바다 위를 나는 노선을 선택한 것이다. 1987년 11월 12일 김현희는 김승일과 함께 평양을 출발하여 바그다드에서 858기를 탑승했다. 당시 사용한 폭탄은 휴대용 라디오와 양주병이었다. 라디오 뒤편에 강한 위력을 가진 폭약이 들어있었다. 비행기 탑승 직전 김승일은 라디오에 폭약을 넣고 폭탄 스위치를 9시간 후로 설정 후 비행기 선반에 두고 내렸다.
이들은 1988년 서울 올림픽을 방해하는 것이 목적이었다.

김현희가 테러범인데도 불구하고 여론은 다른 방향으로 흘러 구애편지가 쏟아지기도 했다. 더 놀라운 것은 비행기에서 내릴 때 입었던 옷이 유행하기도 해 김현희 신드롬이 되었다. 유족들은 기가 막히고 통탄할 일이었다.
1990년 3월 27일 김현희 재판이 열리는 날 유가족들은 김현희를 사형하라고 아우성이었다.
김현희에 대한 선고에서 사형선고가 내렸다. 하지만 사형선고 16일 만에 특별 사면조치가 되었다. 정부는 국무회의에서 즉석 안건 심의를 거쳐 대통령 제가를 받았다. 이로써 사건 발생 2년 4개월 만에 김현희에 대한 모든 사법절차가 마무리되었다.
그녀가 용기 있게 직접 유족들 앞에서 용서를 구해야 하고 진정으로 진상규명과 유족들을 위한 행보를 보여야 비로소 그가 응원받을 수 있을 것이다. 물론, 유족과 네티즌에 따라 여전히 그녀를 용서하지 못할 사람들도 제법 많이 있겠지만, 그래도 반성을 하는 것과 안 하고 변명만 늘어놓는 것의 차이는 매우 크다. 김현희 본인이 전적으로 죄를 참회하고 유족들에게 손이 발이 되도록 빌면서 새사람이 되길 결심한다면 그녀를 미워했던 사람들에게도 용서받을 수 있을지 모르는 일이다.

위장 간첩이었던 이수근은 1967년 3월 22일 판문점에서 '북한은 지옥이오. 하지만 남한도 틀렸소.'라고 말했다. 북한 고위 언론인이었던 그는 북한 정치에 환멸을 느껴 귀순하기고 마음먹었다.

판문점 회담장 주변에 있던 유엔측 인사에게 북한을 탈출하겠다는 언질을 준다. 이 사실은 곧장 회담장으로 전달되었다. 유엔군 대표들은 북한 대표가 열띠게 연설하는 동안 메모하는 척하면서 이수근의 탈출 방법을 적어 공유한 뒤 밖으로 전달했다. 회담이 끝나고 대표들이 회담장을 나와 각자의 차에 오를 찰나 유엔측 영국 대표가 올라탄 승용차에 이수근이 비호처럼 뛰어들어 판문점 전체가 얼어붙는 순간이었다.

무슨 짓이오? 인민군 몇 명이 달려와 차에 달라붙었다. 그러나 미식축구 선수 출신 미군 해병 장교가 몸으로 그들을 제지했고 차는 굉음을 울리며 안전지대로 출발하였다. 북한 경비병들은 권총을 꺼내 무려 150발이 넘는 총알을 퍼부었다. 다친 사람은 없었지만 일촉즉발의 상황이었다. 북한군들은 차단기를 내렸지만, 차단봉을 밀어버리고 남쪽으로 내달렸다.

이수근은 탈출에 성공한 뒤 이렇게 자신의 뜻을 전했다.

'김일성 말씀을 인용하지 않았다고 해서 위기에 몰린 상황을 도저히 용납할 수 없을 것 같다. 나는 지식인들을 야만적으로 취급하며 오금을 못 펴게 들볶는 북조선 정치에 환멸을 느꼈다.' 앞으로 자신에게 닥칠 위기를 느껴 탈출했다고 했다. 이수근은 기껏 탈출한 자유의 세계가 그리 좋지는 않았다고 한다. 중앙정보부 보고에 따르면 20여 명의 여자와 로맨스를 즐기는 플레이보이였고 어떤 분위기에서도 자기가 하고 싶은 말을 해야 직성이 풀리는 사람이었다.

귀순 용사가 돼 전국에 반공 강연을 다닐 때 중앙정보부가 원고를 주면 택도 없는 거짓말인데 하며 뭉텅 들어낸 강연을 했고 김일성 주석에 대해 지나친 비난을 하지 않았다. 남한 중앙정보부도 이수근이 보여주는 충성심 부재에 민감했다. 어떤 중정 요원은 집요하게 '너 위장해서 내려온 거지'라며 이수근을 두들겨 패거나 심지어 권총을 발밑에 쏘아가며 겁박하기도 했다.

가족까지 버리고 북한을 탈출하게 만들었던 더러운 꼴을 남한에서도 또 보게 된 이수근은 오래 참지 않았다. 그는 위장 여권을 마련해 스위스로 가려다가 중앙정보부는 물론 영국, 미국 정부 기관과 베트남 정부까지 동원된 추격전 끝에 비행기 안에서 체포되었다. 그를 체포한 건 베트남주재 한국 공사 이대용이었다.

중앙정보부의 증거는 허접하기 이를 데 없었다. 탈출할 때 총알 150발이 난무했는데 어떻게 그리도 무사할 수 있었냐는 것도 그중 하나이다.
그 차에는 미군 장교도 타고 있었는데 대놓고 조준 사격을 가하는 건 인민군 경비병이 할 건 아니었다. 또 귀순 후 반공 강연에서 김일성 주석에 대한 직접적 비난을 하지 않는다는 걸 근거로 들기도 했는데 이수근이 위장 간첩이라면 오히려 더 직설적이고 과격하게 김일성을 욕설하지 않았을까? 무엇보다 한국은 '자유를 찾아' 남쪽으로 온 이수근이 또다시 어딘가로 탈출했다는 스토리를 견딜 수 없었다. 국내로 압송된 이수근은 국가보안법상 탈출죄였으니 징역형 정도였는데 사형을 해 교수대의 이슬이 되었다.

중앙정보부에서는 그를 살려둘 마음이 없었다.
북한 거물급 인사였던 이수근을 체제 우위의 상징으로 선전했으나 이후 탈출로 중정이 궁지에 몰리자 위장 간첩으로 조사해 처형한 사건이었다.
이수근은 과연 남이 북보다 조금은 낫구만 하였을까? 아니면 다 거기서 거기인데 북에 살 것을 괜히 여러 사람 번잡하게 만들었구만 하면서 판문점에서의 숨 가빴던 순간을 되새겼을까? 아리송한 이 사건은 남한에서는 위장간첩의 대명사로 북한에서는 배신자의 말로로 남아 있다.

이수근과 함께 검거된 처조카 배경옥은 무기징역을 받고 복역 중 감형되어 21년 억울한 옥살이 끝에 무죄가 선고되었다.
또한 재판 과정에서 증거로 활용된 이수근은 자백은 불법구금상태에서 고문과 협박 속에 작성되었으므로 증거 능력이 없다고 밝혔다.
1960년 말은 북한의 무력 공세의 여파 속에서 한반도에 심각한 긴장 상태가 조성되어 있던 상황이었다. 그래서 이수근 사건은 냉전 시기 남북의 적대적 대결 상황에서 발생한 비극적이고 비인도적인 사건이라 할 수 있다.

1992년 노태우 정권 시절 이종구 국방부 장관은 매일 서울에서 북한으로 발사되는 암호 전파수 140개로 추산해본 서울의 고정간첩은 2만 명 수준이라고 하였다. 또한 박 홍 서강대 총장은 사회 각계에 진출한 주파수가 1만 5,000명에서 3만 명에 달한다고 밝혀 파문을 불러일으켰다. 남한에 간첩이 득실거린다는 뜻이었다.

1997년 2월 황장엽 전 북한 노동당 비서의 망명은 지금까지 탈북민 중 가장 높은 고위급인사였다. 그는 우연히 김정일의 집무실 책상 위에 놓인 서류를 보니 회의 내용과 발언 내용 등이 상세히 기록돼 있었다고 했다.
1997년 2월 12일 베이징 한국 대사관을 찾아 정치적 망명을 결행한 날이었다. 그런데 공교롭게도 사흘 뒤 서울에서는 황장엽보다 앞서 망명한 김정일의 처조카 이한영이 서울에서 괴한들에 의해 피습당하여 사망한 사건이 발생했다.
황장엽 망명 사건이 터지자마자 이한영 사건이 발생한 것이다. 이 때문에 한국 사회는 발칵 뒤집혔다. 황장엽의 한국행을 막으려는 북한 측의 경고 메시지라는 보도도 이어졌다. 그러나 황장엽이 망명을 신청한 지 사흘만에 북한이 이름은 물론 성형으로 얼굴까지 바꾼 이한영을 찾아 암살했다는 것은 설득력이 떨어진다.

그보다는 황장엽의 망명과 무관하게 오래전부터 진행된 암살이었다는 것이 설득력이 있다. 이한영은 특수 신분에 이미 북한으로부터 암살 위협을 받고 있었던 터라 국정원과 경찰의 보호관찰 대상이었다. 따라서 이한영의 주거지는 고정간첩의 도움 없이는 북한 공작원들이 알기가 어려웠다.

이 때문에 황장엽의 '고정간첩 5만 명 암약설'에 이은 이한영 암살은 남한 내의 간첩 암약을 기정사실로 만들었다.
대검찰청 공안부장을 지낸 이건개 변호사는 2013년 이른바 '이석기 RO 사건' 당시 우리 사회에 심어져 있는 간첩 세력의 규모는 과거 황장엽 씨가 추산한 5만 명보다 더 많이 광범위하게 퍼져있다고 말했다.

황장엽도 귀순한 후 계속해서 암살 위협을 받고 있었다.
암살하려다 구속된 김모(36)·동모(36)씨는 6년간 고강도 공작원 교육을 받고 남파된 것으로 드러났다.
이들이 '황장엽을 암살하라.'는 지시를 받은 것은 지난해 11월. 지령은 정찰총국의 총국장인 김영철(인민군 상장)이 직접 내렸다. 김영철은 평양의 만경대초대소에 방문해 이들을 불러 "남조선에 침투해 황장엽을 없애라. 황장엽의 친척으로 위장해도 좋다."고 지령을 내렸다고 검찰이 전했다. 남파하기 직전에는 만찬을 열고 고급 위스키를 따라 주며 "황장엽 주거지와 다니는 병원 등 활동사항을 대북 보고한 뒤 황장엽을 처단하라."고 지시한 것으로 알려졌다.

이들은 탈북자로 위장, 몰래 두만강을 건넜다. 그리고

40대 탈북 브로커와 접촉해 다른 탈북자와 섞여 태국 방콕으로 갔고, 태국에서 경찰에 검거돼 강제 출국 형식으로 인천공항에 도착했다.
그러나 탈북자 심사과정에서 덜미가 잡혔다고 수사당국은 전했다. 동씨가 황장엽씨의 친척이라는 이유로 승진하지 못해 남조선을 택했다고 말했지만, 학력과 경력, 탈북 경위 등이 국정원이 축적한 대북 정보와 일치하지 않았기 때문이다. 한편 경찰청은 황 전 비서관에 대한 경호를 최고 수준으로 강화하기로 했다. 경찰청 관계자는 현재 국무총리보다 더 높은 수준의 경호를 하고 있다. 면서 경호 인원을 보강하고 자택 주변에 CCTV를 확충하는 등 경호 장비도 한층 보강했다.

2009년 황장엽과 강철환 암살을 노린 50대가 구속기소되었다.
전직 부사관이 북한 공작원에 포섭돼 암살을 추진하다가 미수에 그친 것으로 드러났다.
그는 자동차 서비스센터 직원 박모(55) 씨로 국가보안법과 총포·도검·화약류 등 단속법 위반 혐의로 구속기소했다. 박씨는 고교 졸업 후 육군 부사관으로 복무해 총기 등 무기를 다루는 능력이 남다른 것으로 전해졌다.
박씨는 2009년 9월 지인의 소개로 알게 된 북한 공작원 김모(63세) 씨에게 황 전 비서의 소재와 동선 등에 관한 정보를 넘기는 대가로 1100여만 원의 공작금을 받은 혐의를 받고 있다. 검찰 조사 결과 그는 "황장엽을 암살하라"는 북측 지령에 따라 황 전 비서의 목숨을 끊을 기회를 호시탐탐 노리던 중 2010년 10월 황 전 비서가 노환으로 사망함에 따라 미수에 그친 것으로 드러났다.

박씨는 비슷한 시기 북측으로부터 "북한전략센터 강철환 대표를 암살하라"는 지령과 함께 공작금 1200여만 원을 받고 강 대표 주변을 맴돌던 중 황 전 대표의 사망에 따라 이 또한 미수에 그쳤다.
박씨는 "두 사람의 암살에 각각 10억 원가량이 든다"며 북측에 거액의 공작금 제공을 요구해 북측을 당황케 하였다. 당시 북측에서 강철환 대표(1968년생 평안남도 출생 자유연맹 북한지부장)와 박상학 (1968년생 함경남도 혜산출생 자유북한운동연합 대표, 그리고 김성민 (자유북한방송 대표) 3명을 거론하며 셋 중 가장 쉽게 암살할 수 있는 인물이 누구냐고 묻자 박씨가 강 대표를 꼽았다고 한다.

임지현은 북에서 어렵게 탈북하여 3년 만에 다시 월북한 여성이다.
잘 먹고 잘살 것이라는 환상으로 가게 됐고 돈을 벌기

위해서 술집을 비롯해서 여러 곳을 떠돌아다녔지만, 육체적 고통, 정신적 고통을 느껴 다시 월북하였다.

어릴 적부터 연예인이 꿈이어서 박하영이라는 여자의 소개로 티비조선에 면접을 봤다. 특히 방송내용과 관련해 제작진이 자신이 하는 발언을 강압에 못 이겨서 했다고 하거나, 거짓을 얘기할 수밖에 없는 상황이었다고 강조했다. 그는 "몇 푼의 돈을 받기 위해서 탈북자들이 방송에서 북한을 폄훼하는 발언을 한다."고 황당한 주장을 펼치기도 했다.
임지현은 '남남북녀-애정통일'에서 김진과 함께 출연해 가상 부부, 일명 '진지부부'로 출연했다. 그는 방송에서 화끈하고 명랑한 모습으로 사랑받았는데 특히 이 프로그램에서 임지현은 "북한에서 조선 인민군 포 사령부 소속 대원이었다"며 북한군 출신임을 밝혀 눈길을 끌었다.

임지현은 현재 평안남도 안주시에서 부모님과 살고 있으며 한국에 있을 때 고향에 다시 갈 거라고 말했을 때 가면 총살 당할 거라고 하였으나 그렇지 않았다. 북한 선전 매체 '우리 민족끼리'에 나와서 남한에서의 겪은 고통을 털어놓았다. 어떻게 월북했는지는 알려지지 않아 그녀 역시 위장 탈북이 아닌가 하는 의구심이 든다.

또한 탈북하였다가 다시 월북한 김모씨(24세)가 정부에서 제공한 임대 아파트 보증금과 미래 행복 통장, 취업 장려금 등을 챙겨 북으로 갔다. 탈북자 김진아 씨는 자신의 유투브 채널 '개성 아낙'을 통해 김씨가 굉장히 착하고 어리버리한 친구였다. 20년 동안 귀가 안 좋아 듣지를 못했는데 한국에 와서 고쳐서 매우 좋아했다. 라고 말했다. 월북한 김씨가 개성 출신으로 평소 김씨를 남동생처럼 대했고 자신의 승용차 명의까지 빌려주는 사이였다고 말했다.
김진아씨는 얼마 전 억울하게 성폭행 사건에 연루됐다고 털어놔 아는 지인과 교수님들이 도와줘서 범죄자가 5년 동안 감옥 생활할 것이라고 말했다.

월북한 김씨는 사전에 원화를 달러로 바꾸는 등 치밀하게 준비해왔다. 한국 정부가 제공하는 아파트 보증금 1,500만 원을 비롯해 미래 행복 통장과 취업 장려금 2,000만 원, 대포차까지 팔아넘겨 4천만 원가량을 사전에 마련하여 새벽 2시쯤 김진아 씨에게 '누나 정말 미안하다. 살아서 꼭 은혜 갚을 게'라는 문자를 남겼다. 이상한 마음에 아파트 관리사무소로 갔더니 이미 짐을 다 빼 갔기에 김포경찰서에 신고했다. 경찰은 자기네 부서 일이 아니라고 해서 제때 대처했더라면 월북을 막을 수도 있었을 것이다.

김씨는 3년 전 강화도 교동 대교를 통해 탈북했는데 월북할 때도 이미 교동 대교에 사전 탐사를 하고 모든 준비를 마친 김씨는 사우나에서 하루를 생활하다가 북으로 넘어갔다. 탈북 후 죄를 지어 다시 북으로 넘어가는 탈북자들이 종종 있다고 한다.
북한의 그 고난 속에서도 가족을 버리고 자신 하나만 잘 살겠다고 탈북하는 사람과는 반대로 돈 벌어서 가족에게 돌아가기 위해 월북하는 사람도 있다.

탈북자들을 만나 책을 쓴 독립 PD겸 작가 조선현(55세)씨는 20여 년 동안 계속 '탈북자'를 펴내고 있다. 탈북자 스토리는 죽음의 고비를 넘은 탈북, 중국에서의 인신매매, 강제 송환의 위기를 거친 뒤 극적으로 한국행에 성공한 이야기들이다. 하지만 한국행을 원하는 탈북자는 우리가 생각하는 만큼 많지 않다. 대부분 중국에 남기를 원하거나 중국에서 돈을 벌어 다시 월북하기를 원한다. 여성 탈북자 100명을 대상으로 설문조사한 결과 한국행은 41명이었으며 중국에 있겠다는 사람이 21명 다시 북으로 가길 원하는 사람이 34명 기타 4명이었다.

대구에 사는 김련회 씨는 브로커의 꼬임에 빠져 남한에 오게 되었다며 북송을 요구하고 있다. 장경자(32세)도

탈북 4년째 우리 부모가 굶어 죽고 병으로 아파 누워계셔서 중국서 돈 벌어 북으로 가겠다며 가족을 버리고 한국 가서 나 혼자 잘살 수는 없다고 말했다.

이승화 씨는 탈북자라는 말 자체가 싫다며 북조선이 싫어서 온 게 아니고 돈 벌자고 나온 거고 돈 벌면 다시 갈 거라고 한다. 죄짓고 탈북한 사람은 북한으로 다시 못 가도 상당수는 돈 벌면 고향에 갈 거라는 수가 많다.

강영미 씨는 중국 훈춘에서 만났는데 중국에서 사는 게 한국에 가는 것보다 낫다며 조선족 남편과 다섯 살 아들과 살면서 중국 국적도 만들었다. 탈북자들의 신화를 이용해 일부 선교단체들은 사기행각을 벌여 후원금 20억 원을 모아 가로챘다. 힘들게 남한으로 오려는 탈북자들을 상대로 사기 치는 종교단체까지 생겨나므로 각별한 주의가 필요하다. 또한 탈북자들을 이용하여 정치적 목적으로 활용하려는 세력들도 있어 탈북자들은 이중으로 고생에 시달리고 있는 현실이다.

## 2. 하늘은 스스로 돕는 자를 돕는다.

 감나무 밑에서 입 벌리고 있다고 해서 감이 입속으로 떨어지는 것은 아니다.
 탈북 후 자신의 노력 없이는 잘살 수가 없다. 살아온 환경이 다르고 적응하기가 힘들다고 해서 버티지 못하면 낙오되고 만다. 탈북 후 전화위복이 된 사람들도 얼마든지 많다.

 국회의원 태영호가 있고, 자유 북한 운동 대표 박상학과 제주 청정육 마을 대표 전철우가 있으며 홈쇼핑에서 평양냉면으로 대박 낸 최순실이 있다. 평범한 탈북자 3만여 명도 북한보다는 경제적으로 풍요롭게 자유를 만끽하고 살고 있다. 단 북한의 사회주의에 세뇌된 사람만이 김정은 체제를 위대한 지도자 동지로 만들어 어리석게 인생을 소비하고 있다.

 태영호는 평안남도 평양 출신으로 1962년생이다.

2022년 10월 제21대 국회 외교통일 위원회 간사와 국민의 힘 국제 위원장을 역임하고 있다. 그는 영국주재 북한대사관 공사로 일하다가 2016년 우리나라로 망명했다. 그의 저서 '서울 생활'을 통해 알려졌고 이 책은 조선일보에서 2018년~2020년까지 연재한 내용이다.

그리고 '3층 서기실의 암호'에서는 책 제목에서 말하듯이 영국대사관 공사 태영호 씨는 북한 정부의 실세 기관인 3층 서기실로부터 암호가 걸린 문서를 전달받는데 서기실이 어느 건물 3층에 있었던 것이 아니라 3층 건물 전체를 쓴다는 것이다. 김정은의 집무실이 있는 당 중앙 청사가 3층 규모인데 그 청사에서 김정은의 사업을 가장 근접해서 보라는 부서가 3층 서기실이다. 기본적으로 김정일, 김정은 부자를 신격화하고 세습통치를 유지하기 위한 조직이다.

김정은이 무자비한 독재자임에도 불구하고 떠들썩한 이벤트들로 이미지가 미화되었다. 북한 여론조사에서 77.5%가 김정은에게 신뢰가 간다고 답할 정도이다. 온 세계의 이목이 북한 김정은에게 쏠리고 있는 지금 태영호가 밝히는 평양의 심장부 이야기는 한국만이 아니라 온 세계 사람들에게 북한의 밑 낯을 보여줄 것이다.

조선과 같이 작은나라에서 '핵' 경쟁에 말려들 경우 과중한 경제적 부담을 이겨내지 못하고 붕괴될 수 있음을 예측할 수 있다. 소련과 같은 큰 나라도 미국과의 과도한 군비 경쟁에 말려들었다가 결국 소련이 붕괴되었다. 김정은은 '핵'을 가져야 만이 강국이 되어 자신의 체제를 유지할 수 있다고 오판하여 엄청난 경제적 손실을 보면서까지 핵에 집착하고 있다. 그러면 그럴수록 북한 인민들은 먹을 것이 없어 아사자가 속출하고 탈북하지 못한 많은 사람이 굶어 죽을 것이다.

김일성 일가의 핵 집착은 다른 방식으로 신과 같은 존재가 되고자 했다. 핵과 공포 정치로 신적인 존재가 되지 않으면 체제 및 김정은 자체가 무너진다.
북한 2,500만 인민의 통치자 김정은 성격은 매우 급하고 즉흥적이며 거칠다.
140kg의 뚱뚱한 몸집에 잔인한 그는 고모부인 장성택을 대공 무기인 기관총으로 처형하였으며 장성택 측근 또한 1만여 명이 숙청되어 누구도 거역하지 못하도록 공포 정치를 하고 있다.

2015년 5월 김정은은 자라 양식장을 방문하였다.
공장 현황이 말이 아니었다. 새끼 자라가 거의 죽었는데 지배인은 사료부족을 이유로 들었으나 김정은은 말도 안 되는 넋두리라고 심하게 질책했다. 수행하던 고위 간부들은 고개를 떨군 채 그의 지시를 받아쓰기에만 급급했다. 돌아오는 차에 오르면서 자라 공장 지배인 처형을 지시하고 지배인은 즉시 총살을 당했다.

김정은의 친할아버지인 김일성의 사촌 매부인 양형섭(1925년생)에게도 김정은은 늙은이라 칭하였다. 3대 김씨 부자의 권력유지 무상화 정책에 대하여 북한은 전 세계의 연구 대상이다. 폐쇄적인 국가이자 국제적으로 고립되어 있는 북한의 체제와 권력유지에 강한 의문을 제기하고 있다.
최고 존엄은 3대에 걸친 김씨 부자의 세습으로 2011년 12월 김정일의 갑작스러운 사망 이후 새롭게 등장한 최고지도자 김정은을 두고 위태롭다. 김정은의 집권은 오래가지 못할 것이라고 내다봤지만 대규모 식량난과 각종 인권 문제들이 위험 수위를 넘어 최악으로 치닫고 있는 상황 속에서도 3대가 이어온 세습 정권은 무너지지 않고 있다.

북한만큼 기념일이 많은 나라는 없다. 북한은 10대 기념일을 정해놓고 김일성의 업적을 선전하며 존경하도록 찬양하는 기념행사를 진행하고 있다. 이런 행위들을 통해 우상화는 북한 주민에게 출세로 가는 길로 만들고 있다. 10대 원칙을 제정하여 충성하고 복종하며 배신하지 못하도록 통제하며 수령의 사상을 침투시키고 외부 침입을 조기에 차단하고 있다.

북한은 폐쇄된 사회에서 외부정보 유입을 철저히 차단한 가운데 교육을 통해 오직 유일한 수령만 믿고 따르라는 강제된 우상화를 주입시켜 김씨 일가의 민족으로 만들고 있다. 이런 김씨 일가의 우상화가 뿌리내릴 수 있었던 배경은 정치적 문화적 여건을 잘 활용하여 세뇌하였기 때문이다.
북한 정권은
1대 김일성 44년간, 2대 김정일 24년간, 3대 김정은 8년째 유지하고 있다.
3대를 위해 북한 인민은 엄청난 고난을 겪으면서 살아야 했고 그들의 신격화한 최고 존엄을 우상화하기 위한 수단이 되었다.
신격화란? 신처럼 절대시 하는 신앙의 행위를 말한다.
최고 존엄이란? 본디 인물이나 지위 따위가 함부로 범할 수 없이 높고 엄숙함 또는 임금의 지위를 뜻한다.
자신들의 영위를 위해 신격화하고 최고 존엄을 만든 것이다.

세뇌된 북한 2,500만 인민들은 김일성에 이어 김정일 그리고 김정은을 백두혈통(白頭血統) 혹은 백두산의 혈통(白頭山의 血統)이라고 부르며 '신'으로 받들고 있다. 국제사회에서 북한을 국가로 취급하지 않는다. 그나마 인정하는 나라는 중국과 러시아뿐이다. 저속한 오물풍선을 날리며 오물 속에는 북한의 실상이 고스란히 드러남에도 불구하고 타격을 입지 않자 경기 일원과 서울에 인분과 죽은 쥐까지 뿌리며 격분하고 있다.

우리나라 국방부는 이런 행동에 맞서 그들이 가장 두려워하는 대북 방송을 꺼내 들었다. 방송 효과는 대단한 효과를 얻어 최고 존엄이 무너져 방송을 들은 북쪽 인민과 병사들이 탈북을 결심하였고, 일기예보까지 챙겨 들어 빨래를 걷는 인민도 있었다. 북한은 외부정보를 차단하는 체제인데 확성기 방송으로 인해 신격화가 무너진다는 반응이었다.

북한 접경 지역에서 자유 북한 운동을 한 박상학(68년생) 대표가 10년 이상 북쪽으로 전단을 날려 보내고 있다. 북한의 오물풍선에 대응해 대북 전단 20만 장과 1달러짜리 지폐 그리고 USB에 노래를 담아 김포에서 한차례 포천에서 한차례 2백 개씩 풍선을 날렸다. 그리고 페트병에 쌀을 담아 임진강 변에서 떠내려 보내기도 했다.

대북 전단 날리기나 38선 북송 확성기를 가장 반대하는 세력은 진보당이다. 갤럽조사에 의하면 국민의 힘 30%, 민주당 27%, 조국신당 11%, 개혁신당 4%, 진보당 1%, 무당층 23%로 대북 전단 금지법을 외치고 있다.

19대 국회의원 이석기(1962년생)가 통합진보당 비례대표 시절 2013년 8월 28일 내란음모 혐의로 구속되었다. 목포에서 태어난 이석기는 1990년 후반 경기도 남부 위원장을 맡으면서 김일성 주체사상을 지도 이념으로 삼는 지도급 조직원이었다. 이것이 적발되어 3년간 도피 생활을 하다가 검거되어 2003년 3월에 징역 2년 6개월을 선고받았다. 복역 중 어머니가(김복순 85세) 자궁암 3기여서 병세를 감안해 법무부의 조처로 특별휴가를 얻었다. 이때 어머니를 만난 자리에서 이석기는 정의와 양심에 살라는 어머니의 말씀에 뉘우치고 언젠가는 희망과 기쁨을 드리겠다고 말씀드렸다.
그는 한때 애국가도 따라부르지 않았고 국기에 대하여 경례도 하지 않아 여론에 이슈가 된 인물이다. 이로써 종북 세력들의 신뢰가 나락으로 떨어지는 계기가 되었다. 이런 세력을 지지하는 유권자가 20만 명에 있으니 믿겨지지가 않는다.

천기원 목사(68세)가 13세에서 16세 여아들을 8차례 성폭행 및 성추행 혐의로 징역 5년이 선고된 사건이 있었다.
천 목사는 1999년 중국에 두리하나 선교회를 만들어 중국 내 탈북자들을 위한 기숙형 국제 학교를 설립하였다. 천 목사가 인도한 탈북민은 무려 천여 명이 넘는다. 그래서 그에게 아시아 쉰들러란 수식어가 붙었다.

쉰들러란? 독일인 사업가의 이름으로 유대인에 대한 탄압이 자행되던 나치 독일 휘하에서 생명의 위협을 무릅쓰고 모든 재산을 바쳐서 유대인 1,200명의 목숨을 구원한 업적으로 유명하다. 쉰들러의 이러한 업적은 훗날 영화로도 만들어진다. 1980년 가죽제품 사업을 하던 리어폴드 페이퍼그가 이 이야기를 소설로 쓸 수 있도록 소설가 케닐리에게 소재를 제공했다. 케닐리는 유대인 중 한사람인 쉰들러의 업적을 영화나 소설로 만들어 그를 알리는 것을 평생의 과제로 삼았다. 그 후 1982년 소설로 출간하여 널리 알려졌다.

검찰에 따르면 천 목사는 2016년~2017년경 여자 기숙사에서 당시 13세이던 A양의 배를 쓰다듬다가 치마 안쪽에 손을 집어넣은 것을 시작으로 2014년 두 차례 더 몸을 밀착시키고 신체 주요부위를 만지는 등 세 차례 성추행과 성적 학대를 했다고 한다.

2018년에는 학교 복도에서 B양의 옆구리를 감싸 안았고, 2019년에는 여자 기숙사에서 13세 C양의 배를 쓰다듬다가 하의 허리춤 안에 손을 넣고 몹쓸 짓을 하였다.
2022년 12월에는 여자 기숙사에서 D양의 상의 안에 손을 넣어 가슴을 만진 것으로 조사됐다. 2023년 1월에도 여자 기숙사에 누워 있던 15세 E양의 이불 속으로 손을 집어넣어 성추행하고 4~5월에도 F양의 배를 감싸 안고 가슴까지 쓰다듬은 혐의도 받았다.

피해자 6명에 대하여 그런 행위가 없었다고 하였지만 2010년 천 목사는 이번 사건과는 별도로 강간 횡령 등의 혐의로 고소당한 적이 있었다.
지난 8월 천기원 목사가 운영하던 두리하나 국제 학교는 성추행 성폭행이 폭로된 이후 위탁기관 지정이 취소되었다.
이미 과거에 천기원 목사로 인해 자살한 여자가 있어 굉장한 충격을 주는 사건이 또 있었다. TV 프로그램 '그것이 알고 싶다.'에서는 이사건과 관련된 제보를 받기 시작하여 보도되었다.

미국에 체류하는 탈북자 여성 신씨는 2006년에 천 목사에게 성폭행을 당했고 다시 고소하고 싶다고 밝혔다.

경찰은 구속영장을 신청하고 2023년 8월 21일에 서울지방법원에서 구속되었다. 피해자 신씨는 결국 자살하는 비극적인 사건이었다.

2024년 2월 24일 천 목사는 1심에서 징역 5년을 선고받고 80시간 성폭력 치료 이수와 아동 청소년 관련에 취업 제한 5년을 함께 명령받았다.

천 목사는 1,000여 명의 탈북자를 구원한 부분은 존경받을 만하지만, 성추행으로 인하여 그의 이미지는 나락으로 추락하고 말았다.

신앙심이 강하고 천 번을 좋은 일 하고도 한 번 잘못하면 인생이 끝나버린다는 것을 다시 한번 생각하게 하는 사건이다. (끝)

끝까지 읽어주셔서 감사합니다.

# 전 박사 집필 목록

| | | | | | |
|---|---|---|---|---|---|
| 1 | 폰메일 연가 | 36 | 명언시리즈 7 | 71 | 화려한 인생 1 |
| 2 | 핫나경1 | 37 | 명언시리즈 8 | 72 | 멋진 인생 2 |
| 3 | 핫나경2 | 38 | 명언시리즈 9 | 73 | 즐거운 인생 3 |
| 4 | 핫나경3 | 39 | 명언시리즈 10 | 74 | 행복한 인생 4 |
| 5 | 日本라지롱 구 | 40 | 아침칼럼 11 | 75 | 곱게익어가는 인생 5 |
| 6 | 日本 핫 - 1 | 41 | 아침칼럼 12 | 76 | 한 번뿐인 인생 6 |
| 7 | 日本 핫 - 2 | 42 | 아침칼럼 13 | 77 | 황금빛 인생 7 |
| 8 | 日本 핫 - 3 | 43 | 아침칼럼 14 | 78 | 황홀한 인생 8 |
| 9 | 하하 소책자 | 44 | 아침칼럼 15 | 79 | 만족한 인생 9 |
| 10 | 레이저 혁명 | 45 | 아침칼럼 16 | 80 | 일곱빛깔 |
| 11 | 오 마이 갓 1 | 46 | 아침칼럼 17 | 81 | 비져케어 소책자 |
| 12 | 오 마이 갓 2 | 47 | 용불용설(用不用說) | 82 | 용트림 소책자 |
| 13 | 오 마이 갓 3 | 48 | 보보 1 | 83 | 야생마 소책자 |
| 14 | 화화유 1 | 49 | 보보 2 | 84 | 나의 건강 나의 행복 |
| 15 | 화화유 2 | 50 | 보보 3 | 85 | 두 배로 산 인생 1 |
| 16 | 화화유 3 | 51 | 불륜천국 1 | 86 | 두 배로 산 인생 2 |
| 17 | 독신녀 | 52 | 불륜천국 2 | 87 | 두 배로 산 인생 3 |
| 18 | 황금 꽃 | 53 | 불륜천국 3 | 88 | 매력 |
| 19 | 쥬얼리 여인 1 | 54 | 여자의 색 1 | 89 | 멋 |
| 20 | 쥬얼리 여인 2 | 55 | 여자의 색 2 | 90 | 실버대학 소책자 |
| 21 | 쥬얼리 여인 3 | 56 | 본질 1 | 91 | 올드보이 소책자 |
| 22 | 킹카 퀸카 | 57 | 본질 2 | 92 | 남자의 향기 소책자 |
| 23 | 나의 나침판 | 58 | 본질 3 | 93 | 100세 시대가 온다 |
| 24 | 나의 멘토 | 59 | 유혹 1 | 94 | 인생 승리 |
| 25 | 나의 황금물결 | 60 | 유혹 2 | 95 | 남은 여생 |
| 26 | 나의 향기 | 61 | 유혹 3 | 96 | 지혜 철학 |
| 27 | 님의 그리움 1 | 62 | 살아온대로살아간다. | 97 | 불로장생 소책자 |
| 28 | 님의 그리움 2 | 63 | 백세시대 | 98 | 곱게 익어가는 시대 |
| 29 | 님의 그리움 3 | 64 | 서울 카사노바 1 | 99 | 거목의 길 1 |
| 30 | 명언시리즈 1 | 65 | 서울 카사노바 2 | 100 | 큰 인물들 |
| 31 | 명언시리즈 2 | 66 | 서울 카사노바 3 | 101 | 천태만상3 자서전 上 |
| 32 | 명언시리즈 3 | 67 | 서울 카사노바 4 | 102 | 파란만장 자서전 下 |
| 33 | 명언시리즈 4 | 68 | 명품인생 1 | 103 | 구사일생 - 탈북녀 |
| 34 | 명언시리즈 5 | 69 | 명품인생 2 | 104 | 고향의 봄 |
| 35 | 명언시리즈 6 | 70 | 명품인생 3 | 105 | 영등포의 밤 |

# 부　록
## 자수정 홈쇼핑

## 1. 족욕기

### 건강의 지름길
### 닥터 시몬스 족욕기

물 없는 족욕기는 탄소 원자 소재로 열효율이 뛰어나 양말을 반드시 신고 족욕을 하여야 합니다. 전신으로 열이 퍼지면서 혈액순환이 숙면을 돕습니다.

- 혈액순환이 잘 되면 자연스럽게
발기력이 좋아집니다. -

※ 탄소 원자라는 소재가 몸속 뼛속까지 열이 침투하여 골수염, 백혈병 예방에도 큰 도움이 된다.
족욕기를 3시간이면 자동으로 꺼지는데 사용할 때는 반드시 양말을 신어야 한다.
양말 없이 사용할 경우 뜨거움을 느끼지 못하여 화상을 입을 수 있는데 이는 뼛속까지 침투하였기 때문이다.

건강 장수의
첫째는 뭐니 뭐니해도 잠을 잘 자는 숙면입니다.
옛 선조들은 머리는 차고 발은 따뜻하게 지내야 만병을 물리칠 수 있다고 여겨왔습니다.
발에는 오장 육부로 이어지는 신경이 집중되어 있으므로 따라서 발 건강은 몸 전체를 가늠하는 척도가 됩니다.
그래서 족(足) 냉을 가볍고 대수롭게 여겨 방치하면 큰 병의 원인이 됩니다.
냉하면 사하고 온 하면 생 하듯이 발을 따뜻하게 해 주는 보온이 우선입니다. 업무를 하거나, TV 보면서 족욕기에 발을 넣고 지내면 몸까지 따뜻해져 숙면에 좋고 면역력이 높아져 건강 장수 할 수 있습니다.
대 기업 총수들은 족욕부터 하고 나서 업무를 시작한다고 하지요.
하루의 고단함도 족욕기로 마무리하여 숙면하면 다음 날 아침을 가뿐하게 맞을 수 있다고 합니다.
**진박사가 사용하고 믿을 수 있어 추천합니다.**
상담문의 자수정 홈쇼핑 010-8952-4114

## 2. 호랑이 마사지크림
### - 바르는 글루코사민 -
관절 연골부터 뼈까지

관절 건강
허리, 무릎, 어깨, 손목
관절 부위 통증에 적당히 도포 후 마사지하세요.
피부에 완전히 흡수됩니다.
관절로 불편하신 분
콘드로이친을 쓰시던 분에게 추천합니다.

글루코사민, 오메가 3, 홍화씨 추출물, 글리세린 등이
주성분이며 한 번 사용하신 분들이 재구매하는 제품
6개 5만원 (건강 서적 포함)

## 3. 불로장생(不老長生)

## 20대 젊음으로 기력을 회복하자

 60대부터 꼭 필요한 운동과 단백질 보충 이외에 중요한 한 가지는 건강보조식품인 '불로장생(不老長生)'을 섭취하는 것이다.
보약과도 같은 '불로장생'을 매일 한 스푼씩 먹으면 다른 건강식품이나 보약을 먹지 않아도 될 만큼 기력이 살아난다.
노년 건강을 위해 꿀에 인삼을 재서 만든 꿀 청은 선조부터 내려오는 최고의 식품이자 보약으로 알려져 있다.
동양의 4대 보약인 인삼, 녹용, 사향, 웅담 중 인삼이 으뜸으로 손꼽히며 효능도 우수하다.

아카시아 벌꿀(자연산 2.4kg)이 인터넷에서 105,000원 안상규 벌꿀은 128,000원에 판매되고 있지만, 품질이 우수한 꿀은 꼭 믿을 수 있는 곳에서 구매하여야 한다. 품질이 좋은 꿀은 면역력이 높아져 잔병이 없고 건강에 여러 가지 도움이 되는데 특히 꿀과 대주를 함께 넣으면 시너지 효과가 매우 크다.

꿀은 설탕과 달리 양치질을 하지 않아도 충치가 생기지 않아 입안 상처가 나거나 부르텄을 때 발라주면 빨리 아물고 구취에도 좋다.
설사를 막아주거나 대장에 좋으며 머리를 맑게 하여 우울증에도 좋다.

불로장생 한 병 2.4kg

*불로장생*은

꿀과 인삼을 베이스로 한 꿀 청에
국산 한방재료인 구기자, 산수유, 오미자, 대추를 첨가하여 여러 가지 효과를 단번에 느낄 수 있는 천연 강장제이다.
불로장생에 들어가는 꿀은

자연산 아카시아 꿀 (2.4kg / 120,000원)을 사용하여 품질이 우수하다.
당뇨와 같은 성인병 환자나 나의 건강을 위해서는 자연산 천연 벌꿀을 먹어야 효과가 좋아 활력 넘치는 노년의 건강을 지킬 수 있다.

하루에 너무 많은 양을 드시는 것도 과유불급이므로 한 두 스푼이 적당하며 꼭 플라스틱이나 나무 스푼으로 떠서 드시면 된다.
수삼이 마르지 않았거나 병이 소독되지 않으면 인삼이 들어간 꿀에서 거품이 생길 수 있으므로 꼭 서늘한 곳에 보관하여야 한다.
아침 공복이나 취침 전에 규칙적으로 드시는 것이 좋다.

≪불로장생의 주의 사항≫
①알루미늄, 스테인리스 그릇 사용 시 변질됩니다.
②나무나 플라스틱 스푼을 사용해야 합니다.
③물 묻은 스푼을 사용할 경우 산소 투입으로 거품이 생겨 변질됩니다.
④열에 직접 가열하지 마세요
⑤냉장고에 넣지 말고 서늘한 곳에 보관하세요.
⑥1년~2년 안에 다 드실 것을 권장합니다.

⑦불로장생 원액에 다른 첨가물을 넣지 마세요
⑧잠자기 전에 한두 스푼 드시는 것이 좋습니다.
⑨따뜻한 물에 타서 마셔도 좋습니다.
⑩당뇨 환자는 조금만 드세요.

※꾸준히 장복하실 것을 권해드립니다.
 등잔 밑이 어둡다고 왜 이렇게 좋은 것을 진작에 몰랐을까 하고 후회하게 됩니다.
※남녀노소 모두에게 좋습니다. "단" 어린이는 삼가해 주세요.
※꿀에 담긴 5종의 재료가 숙성되면 불어서 양이 늘어납니다.
나이가 들수록 돈을 아끼지 말고 내 몸에 투자하는 것이 가장 현명한 방법이다.
하루에 천원 투자하여 기를 살리고 활력이 넘쳐나는 삶을 산다면 그보다 더한 행복은 없다.

필자인 전박사가 추천한 대로 구매하여 꾸준히 드신 분들의 다양한 후기를 보면
**첫째** 식욕이 왕성해지고
**둘째** 잠이 쏟아지고
**셋째** 배변을 묽게 잘 보고
**넷째** 힘이 나서 활기가 넘치고

다섯째 무기력함이 없어졌다고 말씀하신다.
또 좋은 건 알았어도 집에서 담그면 번거롭고 돈이 많이 들어 엄두를 내지 못했는데 자수정 홈쇼핑에서 전박사에게 주문하면 가격도 저렴하게 실비로 나누어 주어서 만족한다고 하신다.

전박사의 인삼 꿀 청은 이익을 보려고 한 것이 아니라 그동안 전박사가 늘 복용하던 것을 꾸준한 독자분께 고마움의 인사로 건강한 선물을 드리려고 만들었다.
이후 섭취한 독자분들이 머리가 맑아지고 몸이 새털처럼 가볍고 가뿐해졌다고 바로 몸으로 느끼겠다고 이후 계속 드시길 원하셔서 적은 금액만 받고 주문하면 보내 드리게 되었다.
이렇게 드신 분들이 6개월 후에 또 주문하며 불로장생 꿀 딴지 덕분인지 요즘 만나는 사람마다 얼굴이 좋아졌다고 인사받기가 바쁘다고 하며 기뻐하신다.
이렇게 불로장생을 드시면
건강미가 넘쳐서 매력 있게 보이고, 귀티나게 고급스러운 사람으로 보이는 것은 자신을 위하여 적은 돈을 아끼지 않고 투자했기 때문이다.

조선 시대의 평균수명이 50세일 때 영조 대왕은 80세를 넘게 사셨다.

그 원인은 인삼을 통한 보양을 중시하여 불로장생을 드셨기 때문이라고 논문에 나와 있다. 그러므로 다른 임금들보다 두 배로 장수할 수 있었다.
노년에 오래 산다는 것만이 능사는 아니다.
불편한 데가 없이 자신 스스로 활기차게 생활해야 하고 남의 도움 없이 움직여야 한다.
늙지 않을 수는 없지만, 노화를 늦출 수는 있으므로 불로장생을 꾸준하게 장복할 것을 권해드린다.

중국의 진시황제가 불로초를 구하려고 서복에게 3천 명을 주어 중국, 일본, 조선에까지 찾으러 다녔으나 불로초를 찾지 못했다.
이렇게 찾아다닌 불로초가 바로 *불로장생*이다.
지금도 중국에서는 한약마다 인삼과 대추를 꼭 넣어 먹어 효험을 봐 보약으로 여긴다. 그래서 중국뿐만 아니라 일본 관광객들도 우리나라에 오면 인삼을 가장 많이 사 간다.
한국의 인삼이 명품으로 알려져 있으며 수천 가지 제품 중에서도 단연 1위로 꼽히는 효자상품이다.

[적은 가격으로도 건강하고 귀티나게 만들고 남은 여생을 행복하게 만들어 주는 불로장생을 지금부터라도 꾸준히 드시길 바랍니다.

독자분들이 자청해서 드시고 싶다는 분께는 불로장생을 만드는 재료비만 받고 보내드립니다.

본 필자도 매일 글을 쓰다 보면 활동하지 못할 때가 있어 무기력해지고 의욕이 상실되기도 합니다. 그래서 생각해 낸 것이 불로장생을 직접 만들어 복용하였더니 기력을 되찾아 활력이 넘쳤습니다.
직접 체험해보고 나서야 노년을 지키는 비결은 바로 이거구나 싶어서 신간 출간 시 매번 읽어주시는 독자분들께 좋은 정보를 함께 공유하고 싶었습니다.
만약
독자분께서 직접 만들고 싶으신 경우에는 산지에서 최상품으로 구매하시는 것이 좋습니다.
구매하시는 것이나 만드시는 것이 번거로우시면 본 필자가 준비한 것을 실비로 나눠드리겠습니다.]
영등포에 위치한 '금마차'는
50년이 넘게 한자리에서 카바레에서 콜라텍으로 변경하여 김충식 대표가 사업을 잘 운영하고 있다.

## 4. 젊어지는 글루타치온

 아미노산 중 하나로 우리 몸에서 만들어 중요한 생리 활성 역할을 맡고 있는 황산화 효소 물질이다.
주요기능은 세포간 신호전달, 단백질 합성, 황산화 작용, 면역강화 등이 있는데 특히 글루타치온은 세포의 해독작용을 도와 세포 내 독소를 제거한다.
자연적으로 몸속에서 생성되는 물질이지만 노화가 진행되면 글루타치온의 함량이 감소하여 여러 가지 방법으로 섭취가 가능한 물질이기도 하다.

◇우리 몸에 황산화 작용이란?
황산화란 활성산소를 없애준다는 뜻이고 노화의 주요 원인이 활성산소이다.
즉, 노화를 늦추어 최적의 몸을 만들고 각종 질병으로부터 자신을 보호하는 것이다.
물이나 공기 중 산소에 의해 식품의 산화와 변질을 억제하고 몸의 에너지를 생성하여 감염을 예방하는 것과 같다.

◇주요효능에는
▶면역력을 높여준다.
글루타치온은 면역시스템의 기능을 향상시키는데 중요한 역할을 하여 면역 반응을 조절하고 감염, 염증에 대한 저항력을 강화한다.

▶지방간 등 간 수치 개선
지방간의 80%는 비알코올성 지방간이라서 음주를 하지 않아도 음식으로 인해 생긴 경우가 많다. 글루타치온은 혈액에 들어있는 단백질과 효소들의 수치를 감소시켜 회복에 빠른 효과를 본다.

▶피부건강
노화가 진행되면 피부의 탄력이 떨어지고 피부가 처지며 여러 가지 이상 반응이 나오는데 이는 멜라닌 색소가 피부에 침착되기 때문이다. 글루타치온은 자외선이나 외부로부터 멜라닌 색소를 억제해 주어 피부톤이 맑아지는 것을 빠르게 확인할 수 있어 화장하는 여성은 화장이 잘 받는다는 것을 느낄 수 있고 나이 든 사람은 얼굴이 환해졌다는 칭찬을 들을 수 있다.

▶스트레스 해소에 좋다.
고민, 걱정, 불안, 질투, 노여움, 분노, 분쟁으로 인해 발생하는 스트레스는 만병의 근원이 되는데 글루타치온은 우리 몸에서 황산화를 만들어 보호하여 위험도를 낮춰준다.

글루타치온을 찾는 사람들은 타산지석(他山之石)의 마음으로 다른 사람의 모습에서 자신의 건강과 외모에 도움을 얻으려 한다.

◇용법 및 용량
정제나 구강 용해 필름으로 된 제품을 구매하여 보충하는데 회사마다 자사 제품이 좋다고 하지만 필름과 정제 모두 다 같은 효능이 있다.
그러므로 정제 3개월분 필름 3개월분(6개월분)을 구매하여 하루는 정제 2정, 다음 날은 필름 1장을 반복하여 섭취하는 것이 가장 이상적이다.
과다 섭취하면 간혹 설사를 유발하기도 하지만 좀 더 빠른 효과를 보려면 정제 2정과 필름을 같이하면 충분한 함량이므로 더욱 좋다.
글루타치온이 다른 건강식품과 차별화되는 점은 글루타치온에는 비타민C가 들어있어 따로 비타민을 챙겨 먹지 않아도 되고 어린이부터 노인까지 노약자나 현재 병이 있는 사람까지 누구나 복용이 가능하다는 점이다.
◇글루타치온이 가장 많이 들어간 음식은

북어, 대두, 아몬드, 생선(연어, 참치 등), 쇠고기, 돼지고기, 닭가슴살, 김, 브로콜리, 오트밀 순이며, 그 외에도 콩류, 견과류, 채소, 과일, 유제품 전분 등에 포함되어 있어서 균형잡힌 식단이 중요하다.

결과적으로 말하면 100세 이상 장수할 수 있었던 이유는 하나는 체내에 글루타치온이 잘 생성되었기 때문이다. 대부분의 중금속이나 오염물질은 간에서 70% 해독을 하는데 글루타치온이 부족하게 되면 해독능력이 떨어져 간의 기능을 제대로 하지 못한다. 또한 세포를 보호하지 못해 알츠하이머나, 치매에 걸릴 확률이 높아진다.
그래서 노화가 시작하는 40세 이후부터는 반드시 글루타치온을 섭취해야 하며 120세를 계획한 사람이라면 더욱더 필요하다.

젊어지는 글루타치온

백만 개 이상 팔려 안 먹는 사람이 없다는 글루타치온
각종 매체마다 열광하는 이유가 있습니다.
오랜만에 보는데도 "그대로"라고 칭찬받는 이유는 글루타치온을 섭취했기 때문입니다.

## 늙지 않고 젊음을 유지하고 싶으면 지금부터

피부에 탄력이 생겨 주름이 흐려지고 더 이상 처지지 않아요.
거미배 같은 복부비만도 날씬하고 섹시하게 만들어줘요.

### ※ 글 루 타 치 온 의 효능
① 당뇨 혈당 정상화
② 간 기능 개선
③ 대장 세포 복구
④ 환경오염 및 복용 약 해독
⑤ 암 예방
⑥ 다이어트 (비만)
⑦ 피부 미백, 탄력
⑧ 탈모
⑨ 면역력 증강
⑩ 피로감 완화
⑪ 건강한 정자생성
⑫ 노화 지연

명의와 유명 약사들도 입에 침이 마르도록 인정하는 글루타치온은 임상실험 결과로 입증되었기 때문입니다. 지금부터라도 세월을 거꾸로 돌리세요.

상담문의 010-8952-4114 / 010-8558-4114

## 5. 큰놈 대물(쇠말뚝) - 노년의 희망

사용 시 주의사항

제품과 함께 동봉된 사용설명서를 숙지하고 사용하면 간단하여 쉽게 알 수 있다.

상품 구성으로는 휴대용 지갑을 비롯하여
① 쇠말뚝 의료기기(식약처 허가)
② 바르는 과일 러브젤(입에 닿아도 된다)
③ 성 보조 기구(여성을 만족시키는 제품)
④ 링(혈류를 모아주는데 좋은 기구)
⑤ 서적(인생에 큰 도움이 되는 책 전박사 지음)
5종 신형 298,000원

사용한 분들의 후기로는
병원에도 가고 좋다는 것은 이것저것 다 해보았지만, 소용없다는 분들은 사는 낙이 없다고 하시고 땅이 꺼지라 한숨짓기도 하셨는데 간절히 원하면 얻어지듯이 '**쇠**

말뚝' 소문을 듣고 이번에도 속는 기분으로 각오하고 구매하였다고 하셨다.

비아그라나 팔팔정은 30정에 20만 원이지만 쇠말뚝은 10년 20년 그 이상을 사용하여 가격도 저렴하고 반영구적으로 사용할 수 있으며 무엇보다 사용이 간편하여 좋다고 하신다. 여자가 모르게 사용할 수 있어 가장 이상적인 제품이라고 말씀하신다.

남자 구실로 못하면서 생각이 부정적인 분은 사용할 때마다 거추장스럽다는 분도 있다. 옛말에 말을 타면 종 부리고 싶다더니 오랜만에 발기되어 삽입할 수 있다는 것만으로도 감지덕지할 일이지 거추장스럽다는 말은 호강에 겨워하는 넋두리이다.

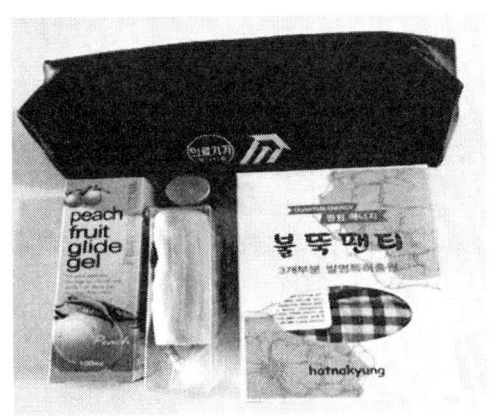

큰놈 대물 (쇠말뚝)

# 6. 유혹하는 페로몬 향수

**페로몬이란?**
말을 할 수 없는 동물이나 곤충들이 이성을 유혹하기 위해 분비하는 성호르몬의 일종으로 암컷이 수컷을 수컷이 암컷을 유인할 때 몸에서 분비되어 영향을 미치는 화학물질이다.

땀 냄새나 암내와는 다르며 체내 성호르몬 농도에 따라 이성을 유혹하는 냄새가 분비된다. 남성이 땀을 통해 사향이나 백단향 나무 향기와 비슷한 냄새를 나게 해서, 여성들이 이 냄새를 맡으면 스트레스 호르몬이 급격히 증가해 혈압이 올라가고, 호흡과 심장박동이 빨라지고, 성적으로 흥분하게 만든다. 여성도 질을 통해 분비하는데 남성들이 이 냄새를 맡으면 성적 흥분을 일으킨다.
하지만 인간은 점점 페로몬이 퇴화하여 자연적으로 냄새가 나지 않는다.

남성이나 여성이 페로몬을 뿌리면 자극이 되고 이성적인 호감이 생긴다는 연구결과가 화제가 되기도 하였다. 그래서 페로몬 향수를 뿌려 외출이나 잠자리에 사용하여 이성에게 호감을 느끼도록 한다.

우리의 인체는 오감을 느끼게 되어있다.
코는 후각을 느끼고, 눈으로는 시각을, 귀로 듣는 청각, 입으로 맛을 보는 미각, 피부로 느끼는 촉각이다.
이런 오감 중에 가장 예민한 곳이 코로 맡는 후각이다. 후각은 다른 감각들과는 달리 대뇌에 직접적으로 전달돼 기억에 오래 남는 특징이 있다.
예를 들어 길을 가다가 익숙한 냄새를 맡으면 예전의 일이 떠오르게 한다.

남성보다는 여성이 유난히 더욱 민감하므로 땀 냄새나 입 냄새, 발 냄새, 노취와 같은 악취는 물론 남자의 미세한 체취까지도 반응하여 멀리한다.
그러므로 이왕이면 이성에게 비누 향기나 화장품 냄새 특히 페로몬 향과 같은 좋은 향이 나도록 하여 고급스런 이미지를 심어줘야 한다.
그렇다면 분명 그 이성은 집에 가서도 그 사람이 생각나서 미련이 남을 것이다. 이는 후각과 시각이 뇌로 전달되어 호감을 느꼈다는 뜻이다.

이렇게 페로몬 향수가 자신을 돋보이게 하는 것은 물론 얼마나 매력적인 마법의 향수인지 알 수 있다.

잘사는 선진국일수록 향수 사용량이 많으며 만약 향수가 떨어졌다면 약속을 미룰 정도로 필수품이다.
파티가 많아 상대방과 춤을 춰야 하는 경우가 생기므로 향수 없이는 감히 갈 엄두를 내지 못한다.
먹고살기 바쁜 후진국에서 향수는 잘사는 사람들의 전유물이자 사치품으로 여긴다.
선진국인 우리나라도 이제 남녀를 불문하고 향수를 사용하는 인구가 점점 늘어나고 있으며 문화로 자리잡고 있다.

향수 중에서도 **페로몬 향수**는 **이성을 유혹한다는 점**에서 단연 인기다.
제약회사와 화장품회사가 협업하여 제조한 특별한 페로몬 향수는 효과가 커 폭발적으로 판매율이 높다.

향이 제각각인 페로몬 향수는 3종 한세트가 99,000원이며
大 ; 50ml - 외출용 옷에
中 ; 30ml - 휴대용 귀 뒤와 손목에

小 ; 25ml - 침실용 겨드랑이와 음모에 뿌려주면 좋다.

말 못 하는 짐승도 페로몬 향을 분비하는 상대에게만 짝짓기를 허락하는 것을 보더라도 하물며 만물의 영장인 인간이야말로 페로몬 향수는 일상생활에서 없어서는 안 되는 시대이다.
할머니도 여자이고 싶어한다. 화장을 곱게 하고 입술에 립스틱을 바르고 페로몬 향수를 뿌린다. 접객업을 하는 사장님이나 사교춤을 추러 콜라텍에 가는 노신사분이 어린 손주들이 안기려다 코를 막고 할아버지 냄새(노취) 난다고 도망가버려 향수를 찾는 분들이 계시다. 또 부부 관계를 하는데 5년째 다섯 번을 재구매하신 분도 있는 것으로 보아 자신의 매력을 발산하여 상대방의 마음을 사는 데는 페로몬 향수보다 더한 마법은 없을 듯하다.
남자는 여자에게 여성용(3종 99,000원) 여자는 남자에게 남성용(3종 99,000원)을 선물하는 것도 좋다.
잘 보이고 싶고 호감을 사려는 것은 인간의 본능이며 인지상정이다.

페로몬은 수컷과 암컷의 냄새가 다르다.
그래서 서로의 향을 맡으면 스킨쉽을 하고 싶어하고 심

지어 성적 흥분이 되어 섹스하고 싶은 욕구가 생긴다.
페로몬은 색도 없고 맛도 없는데 어떻게 강한 설레게 하며 원초적 본능을 이끌어 내는지 신비롭다.
남자는 자신감이 생기니 가슴을 쫙 펴게 되고 목소리에도 힘이 들어가며 얼굴도 환하게 밝아 보인다.
여자도 매력을 발산해 한껏 섹시해 보인다.
코로 맡는 후각만으로 남자는 남자답게 여자는 여자답게 만드는 마법의 페로몬이라 할 수 있다.
후각이 뇌로 바로 전달하기 때문에 페로몬 향수는 이성에게 강렬하게 어필하기 좋으며 상대방에게 오래도록 기억에 남게 한다.
좀 인물에 자신이 없어도 페로몬 물질이 상대의 마음을 움직이게 하여 마음을 빼앗기에 충분하다.
마음에 드는 이성에게 말도 못 하고 가슴앓이하며 짝사랑만 하고 있다면 전 박사가 개발한 특별한 페로몬 향수를 사용할 것을 적극 추천한다. 그렇다면 성공률은 확실히 달라질 것이다.

전박사는 일본 도쿄에서 ㈜생보석 홈쇼핑을 할 때 직접 개발한 페로몬 향수를 판매하여 인정받았으며 애정 소설 <라지롱 구>와 <주얼리 여인>, <뉴 핫나경> 등 다수의 연애 소설을 집필하여 잘 알려진 소설가이자 발명가로 활동하고 있다.

일본은 남에게 피해 주는 것을 극도로 싫어한다. 그래서 특수 페로몬 향수를 구매한 고객 중에는 재구매한 고객들이 많았다.
그들은 박사님이 개발한 특수 페로몬 향수를 사용한 후로 자신의 인생이 달라졌다고 감사의 인사를 받을 때면 뿌듯함과 보람을 느끼곤 했다.
또한 구매한 고객들이 3종으로 되어있어 각각 사용 용도가 달라서 좋았다고 하며 유사품은 큰 병 한 병으로 되어있어 휴대하기도 불편하고 고가인데 3병 박사님 제품은 3병 값이 저렴하고 휴대하기 편해서 좋아서 자주 구매한다고 고객 만족도 좋았다.

고객에게 맞춤 컨설팅을 할 때 고객의 눈빛을 보면 처음 봤을 때와는 달리 눈빛이 달라진 것을 보고 물었더니 잠자리에서 아내가 격렬해지고 아내의 사랑이 두 배나 업그레이드하여 그런 것 같다고 말한다.

인간은 피부색이 다르고 언어가 다르더라도 신체구조는 모두 동일하다.
일본인이라고 해서 유난히 후각이 발달하지 않았다. 백인이나 흑인도 마찬가지로 페로몬 향은 그윽하게 똑같이 느껴진다.

페로몬 향수는 식약처에서 허가받아 화장품회사와 제약회사에서 제조하였기 때문에 진품이다. 저렴하게 판매하는 중국산 유사품과는 차원이 다르므로 속지 말아야 한다.

싼 게 비지떡이고 가격이 저렴한 만큼 맹물과도 같은 향수가 시중에 범람하고 있다. 잘못 선택하면 실망이 크고 적은 돈이라도 돈 낭비할 뿐이므로 잘 선택하여야 한다.

정식으로 허가받아 전박사의 자수정 홈쇼핑에서 판매하는 특수 페로몬만이 믿을 수 있는 제품이다.

향이 다른 3병, 각기 용도가 다릅니다

## 7. 여자는 요실금을 예방하자. 야생마

 여성이 50대가 되면 갱년기로 접어들어 노화, 성생활, 출산으로 인해 요실금, 변실금이 생긴다.
질 근육이 느슨해지고, 요도가 짧아 기침만 하여도 소변이 찔끔 새어 나와 속옷을 버리게 되는데 뛰거나, 웃거나, 하품만 하여도 소변이 나온다면 심각한 상황이다.

나이가 더 들면 방광뿐만 아니라 항문마저도 수축력이 약해져 변까지 새어 나오는 변실금으로 인해 말 못 하는 고민이 생기므로 삶의 질을 떨어뜨린다.
그러다 보니 속옷을 자주 갈아입어야 해서 외출을 꺼리게 되고 우울증이 생겨 없던 질병도 나타난다.
평소에 예방 차원에서 항문, 질 수축 운동인 케겔 운동을 했더라면 이 지경까지는 오지 않았을 것을 하며 후회하게 된다.

젊어서부터 습관적으로 케겔 운동을 한 사람은 질 근육

이 단단해져 수축력이 좋아 긴자꾸로 부부 금실이 더욱 좋았을 것이다.
일본에서는 케겔 운동을 긴자꾸 운동이라고도 한다.
긴자꾸란 질에 수축력이 강해져 젊은 처녀와 같이 꽉 쪼여 손아귀로 움켜쥐는 느낌이라 남성이 쾌감을 느끼게 하므로 옹녀라는 별명을 얻게 된다.

전박사가 개발한 야생마(올라타는 건강 기구)는
코드를 꼽고 전원을 켜서 그 위에 앉으면 저절로 운동이 되는 기구다.
여러 가지 운동을 버튼이 있는데 필요에 따라
전원을 켠 후 ①마사지 ②케겔 운동 ③요도나 질 온열 ④방광 항문 온열 버튼 중 하나를 켜면 된다.
휴대가 가능해 직장에서나 운전할 때도 자동차의 전원을 연결하여 아침저녁으로 약 10분씩만 해도 생식기 건강에 새바람을 일으킨다.

남녀 공용으로 남성에게는 전립선에 여성에게는 요실금에 효능을 보아 아랫도리를 춤추게 하는 건강 기구로 많이 알려져 있다. 남편의 퇴근 시간도 빨라지고 신혼으로 회춘한 느낌으로 행복한 밤이다.
그런데도 몰라서 못 하고, 돈 아까워서 못 하고, 게을러서 못하면서 건강하기만 바라는 것은 욕심이다.

남자도 그렇지만 여자는 나이가 들수록 곱게 늙어야 한다.
소변이 새고 변이 새는 할머니에게 누가 곱다고 칭찬하겠는가!
우리의 인체는 자신이 노력한 만큼 향상되고 게을러 관리하지 않으면 퇴화한다.
그렇다고 요실금 치료를 위해 병원에 가서 그 예민한 부분을 칼을 대어 수술한다는 것은 생각만으로도 너무 끔찍한 일이다. 그러니 지금은 병원을 가지 않고도 야생마 기구를 찾는다.
여성 요실금 역시도 남성 전립선처럼 소변이 마려우면 참기가 어렵고 참을 수가 없어 화장실에 가는 도중에 실수한다. 절박뇨도 이와 같다.

요실금은 전립선처럼 암으로 번져 생명을 위협하는 병은 아니지만 부끄러운 것은 확실하다.
일상생활이 까다롭고 불편한 질환이다.
특히 스스로 의지와 상관없이 소변이 나오는 질환이며 주로 방관과 요도 괄약근의 기능적 이상으로 골반 근육이 약화하여 나타난다. 요실금에 주된 원인은 질이 늘어나 느슨해져 수축이 안 되는 데 있다.

요실금을 겪고 있는 여성은 스스로 위축된 태도를 보이

거나 자신감이 없어 보이는 것이 특징이다.
평소 화장실에 자주 다녀와도 계속되는 잔뇨감이 있다면 요실금을 시초임을 의심해 보아야 한다.
남성은 적은데 여성에게 빈번하게 나타나는 것은 생리상의 구조로 요도가 짧은 해부학적 구조 때문이다.
출산 시 진통시간이 길어질수록 이때 질 근육이 손상하여 요실금의 원인이 되기도 한다.

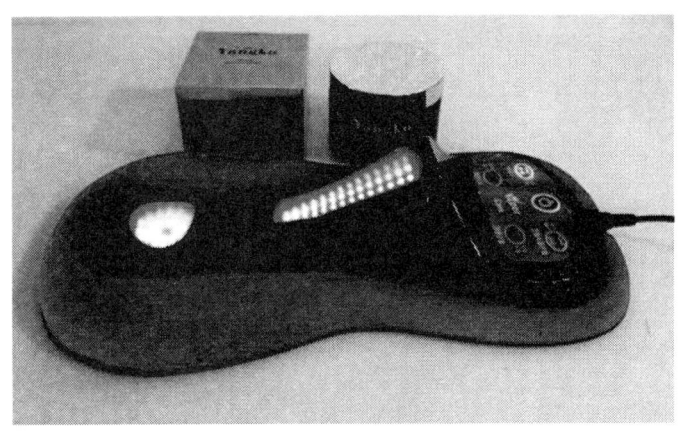

- 야생마 요실금, 변실금 운동기구
               소비자가격　350.000원 반영구적 -

## 8. 남자는 전립선을 조심하자. - 독일 수입품 쏘팔맥스

  우리의 신체 모든 장기는 유통기한이 있다.
기계가 노후 되면 고장이 나듯이 나이가 들어 노화가 오면 장기뿐 아니라 생식기에도 이상이 생기는 것은 당연하다.
남자가 발기부전이 오는 것도 노화로 인한 것이고 생식기인 전립선에 문제가 생겼기 때문이다.
전립선에 이상이 오면 소변을 자주 보게 되며 소변을 봐도 시원치가 않고 잔뇨감이 있으며 밤이면 더욱 소변이 자주 마려워 밤잠을 설쳐 낮에는 수면 부족으로 피곤해진다.
50대부터 50%. 60대 60%, 70대 70%, 80대 80%로 전립선 비대증이 온다는 통계를 보아도 나이가 들면서 전립선 비대는 급격히 늘어난다.
비대증으로 인해 소변볼 때마다 고통을 받아 삶의 질도 급격히 떨어지는 것을 볼 수 있다.

남자에게만 있는 전립선이란?

남성 생식기관인 요도가 시작되는 부위를 둥글게 둘러싸는 장기이며 정액의 액체 성분을 이루는 유백색의 액체를 요도로 분비하여 정자운동을 활발하게 하는 곳이다. 밤톨만 한 크기로 방광 밑에 위치하는 남자의 분비선으로 남자가 섹스 시에 쾌감을 느끼며 정액을 여성의 질 속에서 쭈룩쭈룩 힘차게 뿜어주는 역할을 한다.

요도를 깨끗하게 청소해 주기도 하고 신선한 정자가 무사하게 자궁 속까지 안전하게 전달할 수 있게 소독하는 것도 전립선에서 만들어진 액체가 미리 분비하여 가능한 일이다.

섹스하는 데 있어서 중요한 역할을 하는 전립선에 이상이 생기면 발기부전이 오고 방치하면 자각 증상도 느끼지 못하는 전립선암으로 발전한다.

혈뇨가 나와 병원에 갔을 때는 이미 전립선암 말기로 손 쓸 수도 없으며 뼈로 전이가 되어 X레이로 보면 전신의 뼈가 검은색으로 변해있다.

전립선암은 편도선암과 같이 순한 암이라 하지만 암은 암이다. 그뿐만 아니라 어떠한 암도 1기에는 생존율이 높지만 4기로 말기일 경우에는 시한부로 생명을 장담할 수가 없다.

현명하게 돈을 아끼지 않고 자신을 위해 투자하는 사람은 예방하기 위해서 독일 수입품과 **옥사코사놀**을 건강식품으로 꾸준히 섭취한다. 그러면 **즉시 발기**에 도움 되고 전립선 건강에도 효과적이다.
하지만 돈이 아까워 예방하는 것을 무시하고 무관심과 어리석어 대학병원 비뇨기과 암 병동에는 전립선 말기 암 환자로 넘쳐나고 있다.

전립선 환자는 생각보다 훨씬 더 많으며 심각한 수준이다.
암에 걸린 사람들은 자기관리가 중요한 것을 인정하지 않고 가족력이 있어서라고만 말을 하지만 얼마든지 예방할 수 있다.
초기 암일 경우에는 입원 후 수술하지 않고 4~5일이면 퇴원하지만 말기암 환자는 임종을 맞을 때까지 장기입원을 해야 한다.

발기되어 사정하며 전립선에 좋습니다.

독일 수입품　　　　　쏘팔맥스 파워

전박사가 3만 명의 실버 시대의 슈퍼노인들을 상담하면서 느낀 것을 하나로 표현해보면 죽을 때까지 남자이고 싶은 열망이 있어 발기가 잘되어 90이 넘어서도 여자에게 찝쩍거리고 싶어 한다.
그러자면 전립선 비대와 전립선암을 예방해야 하고 발기부전이 되지 않도록 쇠말뚝으로 열심히 운동하여 큰놈을 대물로 키워야 한다.

한 번 태어난 인생 죽으면 끝이다.
그러려면 더 오래 살고 건강하기를 바라는 욕구는 동서고금(東西古今)을 막론하고 어제오늘의 이야기가 아니다.
사람들은 영원한 불멸의 삶을 얻기 위해 할 수 있는 일이라면 무엇이든 하려고 한다.
그뿐만 아니라 목숨이 붙어 있는 한 사는 것처럼 살려고 섹스하고 싶어한다.
옛말에 남자는 관속에 들어가기 전까지 여자 생각이 난다고 하듯이 남자가 여자를 좋아하고 여자가 남자를 좋아하는 것은 꺼지지 않는 불멸의 이치다.

## 9. 자연이 준 최상의 식품 - 초 유

*초유란 무엇인가?*

사람을 포함한 포유동물에서 출산 직후 24시간 이전에 나오는 젖을 초유라 하며 누렇고 탁한 젖을 분비하는데 제일 먼저 나온다는 뜻으로 Colostrum이라고 부르고, 분만 후 처음 생산되는 유즙으로 강력한 항체와 신생아의 건강을 지켜주는 성장 인자로 이루어져 있다.

초유는 6시간 이전에 추출한 것이 최상의 초유라 할 수 있다. 이 초유는 최고의 면역물질과 성장물질이 함유된 것으로 최고로 치는 천연물질이자 선물이다. 특히 사람의 초유와 같은 기능이 있는 젖소의 초유는 지방 대사 강화, 마른 근육질의 체형 형성의 용이, 피부와 근육의 재활 강화 등을 제공하기도 한다는 긍정적인 연구검토가 되고 있다.

*항생제 개발 이전의 초유는 치료제로 쓰였다.*

소의 초유는 쉽게 채집이 가능하며 특별 처리 과정을

통하여 사람에게도 초유의 면역물질과 성장물질을 공급할 수 있다.
1987년 International Institute of Nutritional Research를 통한 보고서는 "초유는 질병과 노화 현상을 상대로 싸우는 인간의 결정적 요소인 면역 시스템을 도와준다."고 기술하였다.

역사적으로 소의 초유는 자연이 인간에게 준 치료제로 중요한 역할을 하였고, 인도는 수천 년 전부터 초유를 사용해 왔으며 인디안 의사들과 리시스(Rishis)인은 초유에 관하여 육체와 정신에 유익하다고 기술하였다.
스칸디나비아 북유럽에 사는 사람들은 초유의 치료 효과를 잘 알고 있다. 그들은 가축 새끼를 낳을 때 새끼가 잘 자라길 염원하며 꿀로 맛을 낸 디저트용 푸딩을 초유로 만들어 먹는다.

미국과 세계 여러 나라는 설파제와 항생제가 등장하기 전에 초유를 면역제로 사용하였다. 50년대 초에는 초유가 루마티스 관절염 치료제로 광범위하게 사용된 기록이 있다.

## 초유가 주는 효능

### 1. 항암제 효과 촉진, 부작용 방어
'락토페린'은 암과 그 외 질병들을 대항하여 싸우는데 탁월한 능력이 있다.

### 2. 당뇨와 혈당증
우리 몸의 모든 알러지 반응을 제거하는데 도움이 되며 성장호르몬(GH)과 인슐린과 같은 성장인자(lGf-1)가 함유되어 있다.

### 3. 심장질환
초유에 있는 lGF-1과 GH는 LDL(심장 질환의 표시)의 농도를 내리고 HDL(심장 질환의 위험성을 줄이는 독특한 물질)의 농도를 증가시켜 콜레스트롤 수치를 낮춰준다.

### 4. 면역질환
모든 종류의 면역 글로부린을 함유하고 있으며 초유에서 가장 풍부하게 발견되는 인자인 LgG는 림프액과 순환계통에 의하여 운반되며 우리 몸 침입자들과 독성을 중화시킨다.

5. 아토피
면역력의 정상 조절 및 향상기능으로 아토피의 개선에 도움을 주게 됩니다.

6. 키
성장기 어린이, 청소년의 뼈 성장에 필수적인 칼슘, 무기질, 비타민 등 총 48가지 성분이 균형적인 성장 발육을 돕는다.

7. 뼈를 튼튼하게 강화
항생물질이 함유되어 있어 염증 치료에 좋으며 뼈를 강화하는 효능이 탁월하여 관절염은 물론 골다공증에도 매우 좋다.

8. 활력과 스테미너의 증진에 탁월
암 병동에서도 찾을 만큼 체력 강화와 회복에 좋다.

# 10. 세계가 주목한 21세기의 신초(神草) - 마카

## 해발 4,000미터 안데스 고원에서 자생하는 천연식물

세계지도를 펼쳐보면 남미대륙의 태평양 쪽에 안데스산맥이 쭉 달리고 있다.
그리고 적도 부근에 페루가 있다. 페루는 모두가 알다시피 잉카문명과 현대인들이 동경하는 황금의 땅, 엘도라도의 신화로 유명하다. 그리고 그곳에 전설적인 식물, 마카가 있다.

마카(MACA)는 새롭게 알려진 식물은 아니다. 남미의 안데스 산맥 해발 4000미터가 넘는 고지의 혹독한 기후 속에서 잉카족이 살기 훨씬 이전부터 자생해온 식물이다.
낮 동안에는 강렬한 햇살을 받고, 밤에는 영하에 내려가는 기온, 낮은 기압과 강한 바람 등을 견디며 자라나는 식물이다. 도저히 식물이 살 수 없는 자연환경 속에서 자생하는 마카. 하지만 이 특이한 식물은 잉카족의 귀족들만 먹던 귀중한 음식이었다. 그 놀라운 영양가와 맛은 오늘날 잉카인들의 주식으로 재배되고 있으며, 전 세계인들의 강장 영양식품인 21세기형 약초로 주목받고 있다.

마카의 종류는 100여 종이 기록되고 있으나 현재 페루에는

11종의 마카가 재배되고 있다. 재배한다고 해서 사람들이 기르는 것이 아니라 완전한 유기농 형태에 자생한 것을 거두어 들일 뿐이다. 페루 원산의 마카는 해발 4,000~5,000미터의 고지에서 재배되는 것을 가리킨다.
식물적으로 말하면 마카는 아브라나과의 레피데이움속에 속한다.
정식 학명은 Lepidium Peruvianum Chacon sp.nov로 마카 연구의 일인자인 글로리아 챠콩 박사의 이름이 들어있다. 야생 마카는 꽃 모양이 장미와 비슷하며, 땅속에 묻힌 뿌리와 알맹이 부분을 건조한 것이 식용으로 쓰인다.

마카의 뿌리는 감자와 모양이 비슷하며, 알맹이 또한 감자와 비슷하다. 알맹이에서 한 줄기 위로 향해 가느다란 줄기가 뻗어있다. 이 줄기는 5센티가 채 되지 않아 땅 위로 고개를 내밀지 않는다. 따라서 천연으로 자생하는 마카를 발견하려면 줄기에서 뻗어 나와 땅 위로 자라난 잎을 찾아낼 수밖에 없다.
마카의 잎은 다소 시들어있는 모습을 하고 있다. 색깔은 밝은 노랑, 진한 보라, 탁한 분홍, 파스텔 분홍 등 여러 가지가 있고, 별로 화려하지 않아서 풀과 같은 느낌이다. 감자밭 사이에 마카를 심으면 감자밭 사이사이로 잡초가 자라있는 것처럼 보인다.

이렇게 페루의 대자연 속에서 재배되어 내려오고 있는 마카에는 어떤 신비로운 힘이 감춰져 있는 것일까? 그 역사적

배경과 효능, 과학적 성분 등 다양한 점으로 자세하게 자세히 살펴보기로 하자. 마카의 신비로운 효능에 모두 놀라게 될 것이다.

## 잉카왕과 귀족들만 먹던 강장식품 마카

페루에는 과거 찬란한 문명을 지닌 잉카제국이 있었다. 태양신을 숭배하는 잉카제국 사람들은 조금이라도 더 태양과 가까이하려고 주거지를 높은 곳에 정했다. 수도 쿠스코는 해발 3,000미터가 넘는 고지에 건설되었다.
그러나 공기가 희박하고 기후가 혹독한 고지에서 사람들은 체력이 크게 소모되었다. 그것을 보충하기 위해서는 자양강장 효과가 있는 식품이 필요했다. 그래서 잉카 사람들은 일찍이 마카에 눈을 뜨게 되었고, 주로 왕과 귀족들이 자양식으로 마카를 이용했다.

오늘날 마카가 주로 생산되고 있는 고원지대는 잉카제국 영토 내에 있었기 때문에 제국의 지배자들은 마카의 효능에 관해 알고 있었다. 그들은 라마 같은 가축과 소량의 마카를 물물 교환했을 정도로 마카를 귀중하게 취급했다.
한편 잉카제국의 왕은 전사들에게 체력을 보충시키기 위해 마카를 먹게 했다고 전해진다. 안데스 지역의 여러 부족은 서로 세력 확장을 위해 다투었는데, 그중에서도 잉카족이 강성하여 마침내 주변의 부족들을 물리치고 거대한 제국을 이루었다. 이 과정에서 강한 전사가 꼭 필요했고, 전쟁에서 승리를 거둔 전사에게는 포상으로 마카가 지급되었다고 한다. 잉카제국의 군대는 주변 부족을 공격하여 함락시키기 직전이 되면 전사들에게 마카의 지급을 중지시켰다. 승리한 죽음들이 강탈과 폭행을 일삼게 되어 군대의 질서가 문란해질 것을 걱정했기 때문이다. 그래서 목표물을 함락시키기 직전에 전의를 북돋는 마카의 지급을 중지시켰다.

### 발기부전과 불임, 갱년기 장애를 낫게 하는 마카

지금까지도 정력증강에 좋다고 하는 강장식품이나 약품, 건강식품은 많이 있었다. 그러나 마카는 종전의 것들과는 완전히 다르다.
한마디로 어떤 점이 다른가 하면 어디까지나 자연의 형태로 성 기능을 증강 시킨다고 하는 점을 큰 특징으로 들 수 있다. 남성의 경우는 발기부전을, 여성의 경우는 불임증과 갱년기 장애를 낫게 한다.

마카는 스트레스성 발기부전에 효과가 있는 알카로이드를 다량 힘유하고 있나. 또 난자와 정자의 수를 크게 촉진하는 남성호르몬과 관계되는 스테로이드, 음경동맥 혈액의 흐름을 활발하게 만드는 덱스트린도 포함하고 있다.

이 내용만 보면 화학약품인 발기부전 치료제를 떠올리게 된다. 이런 성분들이 남성의 발기부전을 개선하게 된다.
그러나 발기부전 치료제는 화학약품으로서 부작용이 우려되는 것과는 대조적으로, 마카는 더 큰 효능을 갖고 있어 천연식물이라고 하는 점에 주목해야 한다.
곧 부작용에서 벗어난다는 것이다. 다시 말해 '페루산 천연 발기부전 치료제'라고 해도 좋을 만큼 자연 그대로의 형태로 성 기능에 활력을 주는 전통적인 강장식이다.
발기부전과 정력의 쇠퇴로 고민하는 현대의 남성들에게, 또 불임증 갱년기 장애로 고민하는 여성들에게 마카는 정말 반가운 소식이 아닐 수 없다.

## 늙어서도 남녀 모두 충실한 성생활을 위해

부부가 나이 들어서도 언제까지나 서로를 소중하게 여기며, 더불어 인생행로를 걸어가는 동안 웃음 지으며 신뢰를 쌓아 나가려면 성생활이 중요한 역할을 한다. 성생활은 두 사람이 서로 이해하고 애정을 표현하는 중요한 수단으로, 충실한 성생활은 생활에 윤기를 더해주고 삶의 보람과 웃음, 건강에 이르기까지 많은 것들을 가져다준다. 몇십 년에 걸친 원만한 부부관계를 지속하는 비결은 바로 원만한 성생활에 있다고 할 수 있다.

성욕은 죽을 때까지 없어지지 않는다고 한다. 늙어서도 일을 우선시하여 성생활을 경시하는 사고방식을 가진다면 삶의 의욕이나 보람을 느끼기 어렵다는 것은 많은 노인 대상 설문 조사결과가 보여준다. 아무래도 남성과 여성이 함께 사는 보람을 느끼며 충실한 인생을 보내기 위해서도 성생활은 그 중요성을 차츰 더할 것이다.
그러므로 남녀 모두의 성 기능을 놀랍게 끌어올리는 마카가 필요하다. 남녀 모두가 마카의 도움을 받아 언제까지나 건강하고 젊게 사는 인생을 보내야 한다.
나이가 들면 사정 시에 정액 양이 감소하는 사람들에게도 권장되고 있다.

## 마카는 면역력을 높여 주는 영양소도 있다.

우리 몸속에는 수많은 세균과 바이러스가 살고 있으며, 몸 바깥에도 마찬가지로 수많은 세균과 바이러스들이 우리를 둘러싸고 있다.
이러한 세균과 바이러스 가운데는 우리 몸을 못 쓰게 만들어 여러 가지 병을 일으키는 것도 많다.
그런데도 우리가 건강하게 살 수 있는 것은 몸속에 태어나면서부터 갖고 있는 면역기능의 작용 덕분이다. 면역기능은 체내에 침입한 세균과 바이러스를 쫓아 없앤다. 그뿐만 아니라 면역력이 강해지면 암도 예방할 수 있다.

우리 몸은 항상 신진대사를 되풀이한다. 신진대사에는 여러 가지 역할이 있는데 대표적인 것은 새로운 세포를 만들어서 오래된 세포와 교환하는 것이다. 교환할 때는 오래된 세포와 똑같은 것을 복제하는데, 유전자 DNA에 이상이 있을 때는 기형 세포를 만든다. 그런 기형 세포 가운데 하나가 바로 암세포다.

체내의 이물질을 공격하여 없애는 면역세포는 기형 세포를 세균이나 바이러스와 같은 이물질로 인식하여 공격한다. 인간의 면역 기구의 작용은 주로 골수에서 만들어지는 백혈구에 의해 이루어진다. 몸 밖에서 세균이나 바이러스와 같은 이물질로 인식하여 공격한다. 인간의 면역기구의 작용은 주로 골수에서 만들어지는 백혈구에 의해 이루어진다. 몸 밖에서 세균이나 바이러스가 침입하거나 돌연변이에 의해 기형 세포가 생겼을 때는 백혈구가 나서서 이런 이물질들에 활성산소나 항체를 보내서 사멸시킨다. 또 백혈구가 직접 이물질을 먹기도 한다.

백혈구는 여러 가지 종류가 있으며, 대표적인 것으로 호중구, 매크로파지, B세포, T세포 등이 있다. 과로나 스트레스로 인해 면역력이 떨어져서 세균이나 바이러스의 세력이 면역력을 짓누르면 여러 가지 병이 생기는 것이다. 이러한 면역력의 가장 큰 적은 노화다. 나이가 들면서 몸과 마음의 기력이 떨어지면 면역력도 떨어지고, 암과 같은 병에 걸리기 쉬워져서 노화가 한층 **빠르게** 진행된다. 나이가 들수록 이러한 악순환에 **빠지기** 쉽다. 따라서 건강하게 오래 살고자 한다면 면역력을 강화해야 한다. 그런 작용을 하는 것이 바로 마카다.

마카가 어떠한 형태로 면역력을 높이는가 하는 자세한 메커니즘은 아직 밝혀지지 않았다. 다만 마카에 함유된 풍부한 영양소가 서로 작용하여 면역기능의 작용을 활발하게 하는 것으로 추측된다.
실제 마카에 의해 면역력이 높아진 임상 결과가 꾸준히 발표되고 있다. 앞으로 마카에 대한 연구가 이루어질수록 면역력 증강에 관한 메커니즘은 물론 효과를 더욱 높이는 일도 가능할 것이다.


## 오래 부담 없이 즐기려면 마카가 발기부전 치료제보다 낫다.

마카가 발기부전 치료제와 같은 작용을 한다는 사실은 앞서 이야기했다. 하지만 마카와 발기부전 치료제의 성질은 커다란 차이가 있다.
바로 마카는 즉효성이 없지만, 효과의 지속시간이 길고, 부작용이 없다는 점이다.
발기는 모세혈관으로부터 음경의 해면체에 많은 양의 혈액이 유입되어 일어나며, 사정하면 자극이 떨어져 모세혈관을 수축시키는 호르몬이 분비되어 음경이 원래 크기로 돌아온다.

발기부전 치료제는 이 모세혈관을 수축시키는 호르몬의 분비를 억제함으로써 발기시킨다.
따라서 음경에 계속하여 새로운 혈액이 유입되기 때문에 한 번 발기하면 좀처럼 원래대로 돌아오지 않는다. 개인차는 있지만, 일반적으로 발기부전 치료제를 복용하면 약 30분이 지나 효과가 나타나기 시작하여 약 4시간 정도는 지속한다고 한다.

마카의 경우는 음경을 발기시킨다는 목적에 있어서는 같지만 혈액을 유입시키는 메커니즘이 전혀 다르다.
약의 힘으로 일시적으로 모세혈관을 확장하는 것이 아니라, 생약 성분의 힘으로 하복부의 음경동맥 혈액 흐름을 촉진 시켜 음경으로 흘러 들어가는 혈액의 양을 증가시키는 것이다. 서서히 체질을 바꾸어 나가기 때문에 즉효성은 없지만, 발기력을 오래 지속할 수 있다.

또 발기부전 치료제의 경우는 급격하게 음경으로 보내는 혈액의 흐름이 많아져 알코올을 섭취하고 복용하거나 심장에 장애가 있어서 니트로를 복용하는 사람의 경우 심장을 도는 혈액이 일시적으로 부족하게 된다. 그로 인해 심근경색을 일으켜 사망하는 사고가 일어나기도 한다.
그러나 마카는 그런 염려가 전혀 없다. 마카는 안전하게 사용할 수 있는 '천연 발기부전 치료제'인 셈이다. 한 가지 덧붙이자면 마카와 발기부전 치료제는 중복되는 성분이 없으므로 병용이 가능하다.

아울러 성생활을 하면서 약물이나 어떤 도구를 사용하여 성적인 기능을 높이려 들거나 만족을 얻으려 한다면 배우자나 본인에게는 또 다른 부작용이나 수고가 필요하다. 하지만 요리나 건강식품을 통해 자연스럽게 성 기능을 활성화해 성적 만족을 이룰 수 있다면 가장 이상적이라고 할 수 있을 것이다. 이러한 의미에서 마카는 충실한 성생활의 훌륭한 길잡이 노릇을 하고 있다.

신선한 정보를 보석같이 접했을 때는 우리의 삶은 한층 더 질이 높아지며 풍요로워진다. 그러나 성급한 마음으로 우물에 가서 숭늉을 달라는 식의 과욕은 아니 된다.

이 세상에는 당장에 큰 뜻을 이루는 일이란 아무것도 없다. 그러므로 내 몸을 위하여 하루에 마카 한 팩씩만 투자한다면 뿌린 대로 거두게 된다. 청춘 같은 체력은 자신도 모르는 사이에 찾아와 세상사는 보람을 느낄 것이다.


부부가 함께 온 가족이 다 함께,
건강증진을 위해서는 하루에 한 번씩,
왕성한 체력을 원한다면 아침, 저녁 두 번씩 복용하자.
상담문의 010-8558-4114

## 12. 왕처럼 내 몸을 관리하는 침향

녹용침향 60일분           침향환 60일분

 침향은 침향나무가 외부의 해충 침입 혹은 상처를 치유하기 위해서 천연으로 분비된 수지가 침착한 단단한 덩어리이다.
 '물속에 가라앉는 향나무'라는 의미의 침향은 최고의 보약으로 알려진 공진단의 주재료로 쓰인다.
 침향나무 한그루당 약 5~7Kg 정도 박에 채취되지 않아 무척 귀한 약재이다.

### ●침향의 효능

1. 신장 건강

침향에 함유된 베타셀리닌성분이 신장의 염증을 완화시켜주는 우수한 효능이 있어 만성신부전증 환자의 경우 부종을 비롯한 복통 증상에 호전되는 효과가 있다.

## 2. 뇌 건강

침향에 다량 함유된 정유 성분인 델타 - 구아이엔은 뇌 신경을 안정화 시켜주는 작용뿐만 아니라 뇌세포의 활성을 도와 기억력과 집중력에 효과가 있어 치매 예방에 효과가 있다.

## 3. 눈 건강

델타 - 구아이엔은 뇌건강 뿐만 아니라 눈을 맑게 해주는 효과가 있어 눈의 피로를 풀어주고 안구 질환을 예방한다.

## 4. 신경안정효과

침향의 특유의 향인 아가스피롤은 예민한 신경을 이완시켜주어 불면증을 개선하는데 효과가 있다.

## 5. 면역력 증강

침향에는 항균성 물질인 헥사텍카노 익산 성분이 풍부하여 감염을 막고 바이러스 및 세균을 억제하여 면역력을 증진시키는데 효과적이다.

## 6. 암 예방

침향의 주줄불인 구드구비타씬 성분이 암세포를 사멸시켜 임빌셍도를 낮추는 효과가 뛰어나다.

## 13. 120세 장수비결

 인생은 단 한 번뿐 연습이 없습니다.
죽으면 머리털 한 올도 가져갈 수 없으며 영원히 사라져버리는 게 인생입니다.
현재까지 100세 이상 장수한 노인은 약 3,500명 정도이며 120세까지 장수하려면 현재 장수하는 노인들의 습관을 표본으로 삼는 것이 중요합니다.

장수 노인들의 특징은
①운동하며 많이 움직이는 것
움직인 만큼 더 오래 사는 것은 진리이며 그래서 노인들이 가장 많이 움직일 수 있는 것에는 '춤'만큼 좋은 것이 없습니다.
②배우려는 열정
③함께 어울리는 마음
④균형된 식단으로 소식
음식으로 부족한 부분은 몇 가지 건강식품으로 대체하여 꼭 챙겨 먹는 것도 중요합니다.

⑤현역처럼 일하는 자세
낮에는 일하며 운동하고, 밤에는 책을 읽으며 두뇌 회전을 해야 합니다.
이렇게 생활하는 노인들을 슈퍼노인이라 부르기도 합니다.

반대로 부정적인 노인들은 사는 것이 축복이 아닌 두려움에 살고 있습니다. 노인 빈곤, 외로움, 그리고 질병으로 고통받으며 하루하루 무의미하게 시간만 축내고 있습니다.
장수는 노력의 결과물이며 하늘에서 그냥 뚝 떨어지는 것이 아닙니다.

100세 노인들의 장수비결은 우리에게 어떻게 하면 더 건강하고 장수할 수 있는지에 대한 귀중한 교훈을 줍니다.
무엇보다 중요한 것은 무의미하게 장수하기보다는 가치 있게 실버 인생에서 골드인생으로 당당하게 살아가는 것이 중요합니다.
지금도 늦지 않았다고 생각하시고, 앞으로의 삶이 자식이나 주변의 눈치 보지 않고 스스로 당당한 삶이 되시길 바랍니다.

**최신제품** 장수건강의 조건은 구강치아에 좌우됩니다

충치,치주염,잇몸질환,치태,자신만 모르고있는 입냄새,구강세정기로 해결하세요
욕실에둔 치솔은 변기세균에 200배나 됩니다.

대장균 장염 포도상균 페렴균 치솔건조기로 소독해서 사용하세요
서적2만원 상당을 선물로 드립니다.

### 클린디 딥클린
## 구강세정기

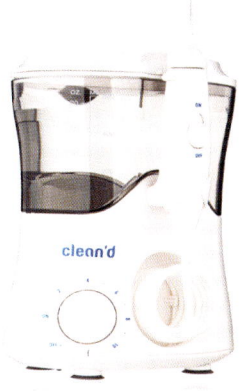

딥클린 구강세정기는 치실이
닿지 않는 부분까지
강력한 수압을 통해 칫솔과
치실이 닿기 힘든 사각지대의
이물질까지 깨끗이 세정합니다.

치아와 잇몸 사이의 주머니
모양의 틈인 치주포켓안의
이물질과 치지균, 치주균을
모두 제거하여, 항상 깨끗한
잇몸을 유지할 수 있습니다.

### 클린디 딥클린
## 무선 칫솔살균건조기

젖은 상태로 방치된 칫솔에는
변기 속 세균의 200배가 넘는
세균이 검출됩니다.

원디는 이러한 문제를 보완하기
위해 탄생했습니다.

칫솔을 거치하고 커버를
닫기만 하면
자동으로 건조부터 살균까지
알아서 해주는
똑똑한 칫솔살균건조기,
클린디의 원디입니다.

**문의** 자수정 홈쇼핑  010-8952-4114
농협  1300-3551-1656-95-우희정

# 건강의 지름길 닥터 시몬스 족욕기

물 없는 족욕기는 탄소 원자 소재로 열효율이 뛰어나 양말을 반드시 신고 족욕을 하여야 합니다. 전신으로 열이 퍼지면서 혈액순환이 숙면을 돕습니다.

건강 장수의 첫째는 뭐니 뭐니해도 잠을 잘 자는 숙면입니다.
옛 선조들은 머리는 차고 발은 따뜻하게 지내야 만병을 물리칠 수 있다고 여겨왔습니다.

발에는 오장 육부로 이어지는 신경이 집중되어 있으므로 따라서 발 건강은 몸 전체를 가늠하는 척도가 됩니다.
그래서 족(足) 냉을 가볍고 대수롭게 여겨 방치하면 큰 병의 원인이 됩니다.

냉하면 사하고 온 하면 생 하듯이 발을 따뜻하게 해 주는 보온이 우선입니다. 업무를 하거나, TV 보면서 족욕기에 발을 놓고 지내면 몸까지 따뜻해져 숙면에 좋고 면역력이 높아져 건강 장수 할 수 있습니다.

대기업 총수들은 족욕부터 하고 나서 업무를 시작한다고 하지요.
하루의 고단함도 족욕기로 마무리하여 숙면하면 다음 날 아침을 가뿐하게 맞을 수 있다고 합니다.
전박사가 사용하고 믿을 수 있어 추천합니다.

## 상담문의 자수정 홈쇼핑 010-8952-4114

ISBN 979-11-90921-53-4

가격 : 20,000원